BASTEI
LÜBBE

Von Erma Bombeck erschienen bei BASTEI-LÜBBE:

10232 Ich hab' mein Herz im Wäschekorb verloren
10494 Ich schenk' mir täglich rote Rosen
10730 Ich stell' mein Herz auf Sommerzeit
10976 Nur der Pudding hört mein Seufzen
11174 Wenn meine Welt voll Kirschen ist
11474 Lustig ist das Familienleben
11700 Als meine Fehler laufen lernten
11830 Guten Morgen, lieber Tag!
11968 Hilfe, ich habe Urlaub!
12354 Einmal und doch wieder

Erma Bombeck

Am Wühltisch fängt der Dschungel an

Alles über das Tier
im Menschen

Aus dem Englischen
von Erna Tom

BASTEI
LÜBBE

BASTEI-LÜBBE-TASCHENBUCH
Band 12816

Titel der amerikanischen Originalausgabe:
All I Know About Animal Behavior I Learned
in Loehmann's Dressing Room

Lizenzausgabe: Bastei Verlag Gustav H. Lübbe GmbH & Co.,
Bergisch Gladbach
Printed in Germany Mai 1998
Titelfoto: Mike Lester
Satz: Siebel, Lindlar
Druck und Bindung: Ebner Ulm
ISBN 3-404-12816-8

Der Preis dieses Bandes versteht sich einschließlich
der gesetzlichen Mehrwertsteuer

Gewidmet
allen Tieren, die ich für dieses Buch
ausgebeutet habe, obwohl sie nicht einen
Cent vom Gewinn sehen werden,
und meiner Sekretärin Norma Born,
die auf ihrem Führerschein die Städtische
Bibliothek als Adresse angibt.

EINLEITUNG

In den sechziger Jahren, als die Forscherin Jane Goodall in Afrika das Verhalten freilebender Schimpansen studierte, plagte ich mich in Centerville, Ohio, damit ab, drei kleine Kinder großzuziehen.

Kein Tag verging, an dem ich mich nicht fragte, warum ausgerechnet ich auserkoren war, die Lebensgewohnheiten dreier kleckernder Knirpse von der Spezies Homo sapiens zu erforschen, während sich Jane in Shorts und Tropenhelm ihrer Bräune widmen konnte.

Immer wenn ich sie wieder mal im Fernsehen sah, träumte ich anschließend tagelang davon, auf einen einsamen Hügel zu klettern und Schimpansen zu beobachten, die sich gegenseitig nach Läusen absuchten und dann diese Läuse fraßen.

Keine Strumpfhosen, die ständig rutschten, kein allmorgendlicher Streß im Verkehr, keine Kinder, die stundenlang »Heart and Soul« auf dem Klavier hämmerten, kein Durchwühlen des Mülleimers, weil sich eine Rechnung nirgends sonst finden ließ. Nein, ich könnte einfach in aller Ruhe sitzen bleiben und zugucken, wie ein Schimpanse das Gesicht seines Bruders in den Staub drückte. So unter dem Motto: »Ich würde ja eingreifen, wenn es nicht meine wissenschaftlichen Ergebnisse verfälschen würde ...«

Wir sind uns nur einmal begegnet, Jane und ich, und vor lauter Bewunderung brachte ich kaum ein Wort heraus. Ich glaube, sie fragte mich damals: »Wüßten Sie nicht gerne, ob Schimpansen Humor haben?«, worauf ich zurückgab: »Wenn ich aussähe wie die, hätte ich bestimmt Humor.«

Ich versuchte erst gar nicht, meinen Respekt für ihre Arbeit zu äußern und meinen Frust darüber, daß ich mein Leben damit vergeudet hatte, die Spezies Mensch zu erforschen.

Seit fast dreißig Jahren schreibe ich über Balzgebaren, Mutterinstinkte, Fruchtbarkeit und Fortpflanzung, berichte, wie Menschen mit Trends und Technik fertigwerden, was sie zum Lachen und was sie auf die Palme bringt.

Aber der Durchbruch, den ich mir erhofft hatte, hat sich nicht eingestellt.

Neulich fiel mir beim Überfliegen der Zeitung das Bild der Elefantendame Lucille aus unserem städtischen Zoo auf. Lucille hielt mit dem Rüssel einen Pinsel umschlungen und spritzte und kleckste damit Farbe auf die Leinwand, daß es eine Freude war. Das Bild wurde für zweihundertfünfzig Dollar verkauft.

Dieses Zeitungsfoto beschwor Erinnerungen an einen Sketch des Komikers Jonathan Winters herauf, wo er einen unförmigen Kreis auf ein Stück Papier kritzelt, einen kleinen Kringel dranmacht, das Werk »Weihnachtsschmuck« nennt und ein Preisschild dranhängt, auf dem viertausend Dollar steht. Damit heimste er jedesmal schallendes Gelächter ein.

Lucille war bestimmt die erste Komikerin im Tierreich, nur daß es leider keiner bemerkte.

Und da traf mich die Erkenntnis wie ein Keulenschlag: Eigentlich erforschten Jane und ich die gleiche Spezies. Auch wenn die eine Gattung behaarter war als die andere, weniger Zähne, längere Schwänze und ein aufregenderes Liebesleben hatte – die Ähnlichkeiten waren unverkennbar. Einige Tiere sind vielleicht nicht ganz so perfekt wie andere (Fledermäuse tragen ihre Brüste unter den Achselhöhlen versteckt), aber im allgemeinen unterscheiden sich Menschen nicht wesentlich von ihren Brüdern und Schwestern auf freier Wildbahn. Wir bewohnen den gleichen Planeten, atmen dieselbe Luft, und mitunter machen wir einander sogar die Nahrung streitig. Ganz sicher haben wir ein und dasselbe Ziel – zu überleben.

Denken Sie nur an das Kamel. Es hat gelbe Zähne, eine Hasenscharte, einen Höcker, Hühneraugen und Mundgeruch. Bei Erkältungen bläst es mit laufender Nase Trübsal und benimmt sich unschicklich, wenn nicht gar ganz daneben. Sie können mir nicht erzählen, daß Sie nicht irgendwann mit jemandem verabredet gewesen wären, auf den diese Beschreibung ebensogut gepaßt hätte.

Manchmal sind wir Menschen und Tiere uns sogar sehr ähnlich. Ein afrikanischer Affe konnte angeblich das Schloß eines jeden Käfigs, in dem er eingesperrt war, knacken. Dafür bekam er zwanzig Minuten in der Sendung *Geo-Spezial*. Ich habe einen Vetter, der für die gleiche Fertigkeit zwei Jahre bekam.

Wir könnten wirklich viel voneinander lernen.

Das Nilpferd ist Vegetarier und sieht aus wie ein Berg. Löwen dagegen, die sich von Fleisch ernähren, sind rank und schlank. Könnte es sein, daß sich unsere Diätexperten und Ernährungswissenschaftler auf der falschen Fährte befinden?

Die Kluft zwischen Mensch und Tier wird täglich kleiner. Es ist nur noch eine Frage der Zeit, bis die Menschen schlau genug sind, ihren halbwüchsigen Kindern ein mit Sensoren ausgestattetes Halsband umzulegen, damit man jederzeit weiß, wohin diese gehen und was sie dort, wo sie hingehen, tun.

Welches Lebewesen ist also das intelligentere? Das

wilde virginische Beutelrattenweibchen, das bis zu fünfzig Junge zur Welt bringt, aber nur dreizehn Zitzen hat, oder die Frau, die drei Sprößlinge, aber nur zwei Fensterplätze auf dem Rücksitz ihres Wagens zu vergeben hat?

Überlegen Sie in Ruhe!

Die afrikanische Elefantenkuh trägt ihr Junges sechshundertsechzig Tage aus. Das Neugeborene wiegt rund hundert Kilo und kommt mit Schwangerschaftsstreifen zur Welt. Die Elefantenkuh säugt ihr Junges zwei Jahre lang und ist bis ins hohe Alter gebärfähig.

Bevor Sie wegen der sechshundertsechzig Tage Trächtigkeit der Elefanten in Panik ausbrechen, will ich Ihnen sagen, daß diese Zeit beim Menschen etwa neun Monaten entspricht.

Außerdem ist zu bedenken, daß Elefanten sehr groß und schwer sind. Wenn man groß genug ist, um von einem zehn Meter hohen Baum zu fressen, kann man auch ohne große Anstrengung ein zusätzliches Gewicht von hundert Kilo tragen. Ich war schon immer der Meinung, daß Frauen, die kleiner sind als ein Meter siebzig, keine Kinder haben sollten. Sie sehen sonst einfach zu plump aus.

Ich weiß, daß sich bezüglich des Kinderkriegens viel geändert hat. Eine Schwangerschaft war früher eine äußerst erfreuliche Zeit im Leben einer Frau. Natürlich trug man zunächst einen Wassermelonenkern in sich, der zur Größe eines Klaviers heranwuchs, aber es gab keine Einschränkungen bezüglich der Ernährung, und man wurde sogar dazu angehalten, auf sportliche Betätigung völlig zu verzichten, man durfte Kaffee und Alkohol trinken, man konnte sich stundenlang sonnen, und die lieben

Mitmenschen behandelten einen mit der Nachsicht und Aufmerksamkeit, die man einer selbstgebastelten Zeitbombe entgegenbringt.

Der Zustand hatte etwas Mystisches an sich. Man vollbrachte etwas, was in der Geschichte der Menschheit kein Mann jemals fertiggebracht hatte und auch niemals fertigbringen würde.

Aber irgendwann wurde eine Schwangerschaft zu etwas ganz Gewöhnlichem. Alle möglichen Leute wurden schwanger. Noch im achten Monat nahmen Frauen an Marathonläufen teil, eine Turnierreiterin brachte ein paar Stunden nachdem sie ihr drittes Pferd geritten hatte ihr Kind zur Welt, Nachrichtensprecherinnen verabschiedeten sich am Ende der Sechs-Uhr-Nachrichten, wenn bereits alle drei Minuten die Wehen einsetzten. Ich erinnere mich, daß Marla Maples (die spätere Mrs. Donald Trump) eine Broadway-Show beenden mußte, weil ihre Schwangerschaft sie beim Radschlagen behinderte. (Sie war groß!)

Fachleute erklärten, körperliche Betätigung sei gut für eine werdende Mutter, Sonne dagegen schlecht; Kaffee und Alkohol waren absolut verboten, und außerdem mußten sich die Schwangeren gesund ernähren und auch noch auf ihr Gewicht achten.

Mit dem Spaß war es nun vorbei.

Während der ersten Monate nahm die Umwelt freudigen Anteil an der Schwangerschaft. Die Reaktion war überall gleich.

In der Regel starrten sie einem auf den Bauch und sagten: »Sie sehen aber gar nicht schwanger aus.« (Warum auch, wenn man ein Lebewesen in sich trug, das kaum größer als ein Komma war?)

Wenn man sich im vierten Monat in normale Kleider zu zwängen versuchte, hieß es wie aus einem Mund: »Ja, man sieht Ihnen an, daß Sie schwanger sind.« (Na ja, am üppigen Mittagessen lag es bestimmt nicht.)

Im sechsten Monat lauteten die einhelligen Meinungen dann so: »Sind Sie sicher, daß es nur ein Kind wird?« (Was denn sonst? Ein ganzer Wurf?)

Ungefähr im achten Monat wurde die Stimmung langsam ungeduldig. »Haben Sie Ihr Kind immer noch nicht?«

Besonders taktvoll fand ich die Frage »Haben Sie Ihr Kind immer noch nicht?«, als das Kind bereits ein Jahr alt war.

Die Babyboom-Generation machte die Schwangerschaft schließlich zu einem Event.

Eine Generation, die es nicht erwarten konnte, bis die Wandfarbe trocken war und die Ampel auf grün geschaltet hatte, konnte natürlich auch nicht ein oder zwei Monate warten, um sicher zu sein, ob wirklich eine Schwangerschaft vorlag. Man entdeckte, daß man nur auf einen kleinen weißen Streifen pinkeln mußte; wenn sich der Streifen rosa oder in eine andere fröhliche Farbe verfärbte, konnte man losstürmen, um die Babyausstattung zu kaufen. Natürlich mußte man schon vor der Geburt wissen, ob das Kind ein Mädchen oder ein Junge werden würde. Weiß der Himmel, wozu das gut sein sollte, wofür diese Information gebraucht wurde, aber man wollte es wissen.

Der alte Witz »Sind Sie schwanger?« – »Nein, ich trage das Kind meiner Freundin aus« wurde Realität. Heute gibt es Leihmütter für Frauen, die selbst keine Kinder haben können.

Bei Scheidungen wird um tiefgefrorene Embryos genauso ernsthaft gestritten wie um das Abonnement für die Spiele der Chicago Bulls. Die Frage »Vati, woher komme ich?« erhält plötzlich eine vollkommen neue Bedeutung. (»Du wurdest in Milwaukee aufgetaut, mein Sohn.«)

Um das genetische Erbgut der Ehepartner aufzubessern, wurden Samenbanken eingerichtet. Heute kann eine Frau nach Lust und Laune wie im Selbstbedienungsladen auswählen. »Ich nehme einen Physiker mit Nobelpreis, und falls das nicht klappen sollte, kommen noch der preisgekrönte Schriftsteller oder der Konzertpianist in Frage.«

Die Babyboomer haben sogar eine ganz neue Zeitplanung aufgestellt. Früher konnte eine Frau, die bis vierzig noch kein Kind geboren hatte, ihre biologische Uhr nicht einmal mehr verschenken.

Das hat sich grundlegend geändert. Eine neunundfünfzigjährige Britin hat nach einer künstlichen Befruchtung Zwillinge zur Welt gebracht. In einem anderen Fall hat eine Frau für ihre Tochter ihre eigenen Enkel ausgetragen.

Meine Meinung ist zwar nicht maßgeblich, aber irgendwann muß mit dem Kinderkriegen Schluß sein. Die Krankenkassen können die Geburt mit gutem Gewissen nicht mehr bezahlen. Das Risiko ist einfach zu groß, daß die betreffende Frau ihr Kind irgendwo hinlegt und sich später beim besten Willen nicht mehr erinnern kann, wo das war.

In einer Gesellschaft, in der es eine große Sache ist, wenn Männer zum Frühstück mal Wasser in die Kaffeemaschine schütten, kann man über die Fortschritte bezüglich des Rollenverhaltens im Tierreich nur staunen.

Da gibt es einige Arten, bei denen die Männchen gebären. Ist das nicht wunderbar? Da haben wir Frauen uns jahrelang schuldig gefühlt, weil die Männer weder an der Wonne teilhaben konnten, wenn uns das ungeborene Kind das Buch aus der Hand gekickt hat, noch an der Herausforderung, wenn man sich mit einem Gewicht von zwanzig Pfund, das wie ein Mehlsack am Bauch hängt, im Bett umdrehen möchte.

Das weibliche Seepferd beispielsweise legt seine Eier

in einer gebärmutterartigen Tasche auf dem Bauch des Seepferdmännchens ab. Darum wächst während der Schwangerschaft auch sein und nicht ihr Bauch, und sein Bauch zieht sich während der Geburt unter den Wehen zusammen.

Die männliche Kröte ist noch nicht ganz so weit, aber auf dem besten Weg. Das Weibchen legt die Eier in sogenannten Laichschnüren von ungefähr einem Meter Länge ab, die das halb so große Männchen wie eine lange Schärpe um sich wickelt. Mehr als einen Monat lang schleppt es sie mit sich herum, tagsüber versteckt sich der Kröterich, nachts sucht er das Wasser auf, um die Eier zu befeuchten. Wenn die Jungen schließlich schlüpfen, blickt der erschöpfte Vater den davonschwimmenden Kaulquappen erleichtert nach.

Den Rest des Jahres verbringt er stumm – möglicherweise aus Erschöpfung.

Das müßte aber nicht so sein. Wäre er nur etwas größer, sähe die Sache schon ganz anders aus.

Sieht man mal von der männlichen Spezies ab, so fällt meine Wahl für die ideale Schwangere auf die Giraffe. Bei einer Größe von fast sieben Metern könnte sie leicht, ja geradezu unauffällig einen Landrover in ihrem Bauch tragen. Sie braucht sich beim Gebären nicht einmal hinzulegen. Sie bleibt nur stehen, und das Junge fällt aus ein bis zwei Metern Höhe wie ein Sack Zement auf die Erde.

Die Art der Fortpflanzung und die Dauer der Tragzeit der verschiedenen Gattungen sind so zahlreich und unterschiedlich wie die Mütter und Väter. Fledermäuse paaren sich mit dem Kopf nach unten, Menschen paaren sich vor dem Fernseher, aber ein Trend scheint die Kluft zwischen Mensch und Tier zu schließen. Dank neuentdeckter Fruchtbarkeitshormone bringen nun auch Menschen mitunter einen ganzen Wurf zustande. Es vergeht kaum ein Tag, daß man nicht in der Zeitung liest, eine Frau habe Vierlinge, Fünflinge oder Sechslinge geboren.

In einem Artikel der *New York Times* war zu lesen, es bedürfe nur weniger körperlicher Veränderungen, damit Männer gebären können.

Hoffentlich hat das Seepferd nicht zuviel ausgeplaudert.

Wer einen stubenreinen Hund haben will, muß sich mit ihm in einem kleinen Zimmer einschließen, mit ihm frühstücken und geduldig darauf warten, daß er sein Geschäft verrichtet. Das kann Stunden dauern.

Sie als Mutter haben sicher oft mitansehen müssen, wie Ihr Kind auf dem Töpfchen saß und das Toilettenpapier feinsäuberlich in Stückchen riß.

Als ich eine junge Frau war, glich die Sauberkeitserziehung einem Rüstungswettlauf, bei dem jede Mutter die erste windelfreie Mutter in der Straße sein wollte, um endlich wieder ein normales Leben zu führen.

Nun, der berühmte Yogi Berra hat recht. »Es ist erst vorbei, wenn es vorbei ist.« Angefangen hat die ganze Offenbarung damit, daß die Schauspielerin June Allyson in schamloser Offenheit in einer Fernsehwerbung verkündete, es gebe viele ältere Frauen und Männer, die Windeln brauchen, weil ihnen nämlich die Kontrolle über ihre Blase abhanden gekommen sei. Ja, so schließt sich der Kreis.

Die erwachsene Blase, die früher eine Aufführung von *Chorus Line* durchgehalten hatte (in diesem Stück gibt es keine Pause), schafft es jetzt nicht einmal mehr bis zur Toilette, wenn die Ampel drei Meter vor der Haustür auf Rot steht.

Daß ein Säugling keine Kontrolle über seine Blasenfunktion hat, erklärt man damit, daß seine Muskulatur noch zu schwach entwickelt ist. Daß ältere Menschen in die gleiche Lage geraten können, liegt daran, daß sich die Blase gesenkt und die Muskulatur keine Spannkraft mehr hat.

Im Fernsehen sehen wir immer mehr Werbespots, die sich der Lösung dieses Problems annehmen. In der Regel flimmern sie zur Abendessenszeit über den Bildschirm – neben Anpreisungen neuer Wundermittel gegen schmerzhafte Hämorrhoiden und Pilzerkrankungen.

Aber bevor man zur Pampers greifen muß, verschreibt ein einfühlsamer Arzt erst einmal Übungen zur Muskelstärkung. Körperliche Betätigung ist das Penicillin von heute. Sie sehen schlecht? Kräftigen Sie Ihre Augenmuskeln. Sie sind wacklig auf den Beinen? Kräftigen Sie Ihre Beinmuskeln. Sie können das Wasser nicht halten? Kräftigen Sie, was immer Sie kräftigen können.

Manchmal kann man die Muskulatur ruckartig zusammenziehen, aber June Allysons Windel-Lösung scheint das einfachste zu sein.

Zumal es sich um ein lästiges Übel handelt, das leicht auszumachen ist. Sie brauchen nur der Frau nachzugehen, die plötzlich auf die Bremse ihres Wagens tritt, aussteigt und schnurstracks auf die Baustellentoilette zusteuert.

Achten Sie auch auf jene Frau, die sich auf einen Behindertenparkplatz stellt und ohne das Auto abzuschließen die Behindertentoilette stürmt, weil die in der Regel nicht besetzt ist.

Oder auf die Frau, die das Konzert jedesmal verlassen muß, kaum daß die Ouvertüre begonnen hat.

Ein weiteres eindeutiges Indiz ist eine Großmutter, die, wenn alle Kinder bereits im Auto sitzen, fröhlich verkündet: »Lieber einmal zu viel als einmal zu wenig«, und ungewohnt leichtfüßig zur Toilette rennt.

Hätte ich gewußt, daß die Sauberkeitserziehung nicht

fürs ganze Leben anhält, sondern spätestens in siebenundvierzig Jahren wiederholt werden muß, hätte ich manches anders gemacht. Bestimmt hätte ich mir und meinen Kindern lächerliche Versprechungen wie »Wenn du für Mami aufs Töpfchen gehst, darfst du in Vatis Auto fahren!« erspart.

Und ganz bestimmt hätte ich aus den Windeln keine Staublappen gemacht.

Neulich wurde in einem der besagten Werbespots eine alte Dame präsentiert, von der berichtet wurde, sie brauche nicht mehr krampfhaft die Beine zusammenzupressen, sie könne jetzt vielmehr wieder sorglos in die Luft springen. Ob Frauen dieses Alters viel Grund haben, ständig Luftsprünge zu machen, bleibt fraglich.

Frauen, die mit undichten Harnleitungen durchs Leben gehen, finden das alles bestimmt nicht komisch. Ich persönlich finde es nur seltsam, daß eine Frau, die an keiner Toilette vorbeigehen kann, auf der Toilette des Arztes kein Tröpfchen für das Reagenzglas übrig hat.

Aber mir brauchen Sie nichts zu erzählen. Schließlich war ich es, die einmal stundenlang neben dem laufenden Wasserhahn auf dem Badewannenrand saß und mein Kind anflehte: »Liebling, hat das Wort ›Erlösung‹ irgendeine Bedeutung für dich?«

In die eisigen Gewässer des Shrewsbury River in der Nähe von Sea Bright in New Jersey hatten sich vier Delphine verirrt. Die Delphine, berühmt für ihr ausgezeichnetes Radarsystem, hatten offensichtlich die falsche Abzweigung genommen und waren in Richtung Süden geschwommen, statt nach Norden in den Atlantischen Ozean.

Ich habe eine herrliche Lösung, um Kriege endgültig abzuschaffen: Man beauftrage Männer, den Armeen den Weg zu den Kriegsschauplätzen zu weisen.

Keine andere Spezies als ausgerechnet Männer brüstet sich mehr damit, in der Welt herumzukommen. Dabei wissen die meisten ihr ganzes Leben lang nicht, wo's langgeht. Sie geben es nur nicht zu.

Ich weiß ganz genau, wann sich mein Mann verfahren hat. Dann nämlich, wenn er anfängt, die Schuld bei anderen zu suchen. »Bist du sicher, daß du kein Schild übersehen hast?« Wenn wir dann mitten auf der Weide stehen und die Kühe erstaunt durchs Fenster gucken, fragt er: »Hat der Straßenverkehrsdienst irgend etwas von einer Umleitung gesagt?«

Wenn Sie einen Mann wirklich aus der Fassung bringen wollen, bitten Sie ihn, anzuhalten und nach dem Weg zu fragen.

»Warum sollte ich?«

»Weil wir uns verfahren haben.«

»Ich habe mich nicht verfahren. Wir haben nur die falsche Abzweigung genommen.«

»Das ist doch dasselbe. Wir fahren jetzt zum drittenmal an ein und derselben Tankstelle vorbei.«

»Na und? Wenigstens kennen wir sie jetzt.«

Obwohl Männer meistens keine Ahnung haben, wo sie sind, bestehen sie darauf, Frauen den Weg zu erklären ... auch bekannt als »Bewußte Irreführung mit tödlichem Ausgang«.

Ich stehe mit dem Autoschlüssel in der Hand an der Tür, und er fragt: »Weißt du, wie du fahren mußt?«

»Ja.«

»Das bezweifle ich«, fährt er fort und legt die Zeitung aus der Hand. »Am besten nimmst du die Silver Street, biegst an der zweiten Ampel ab nach Norden und fährst immer geradeaus, bis du auf die Autobahn kommst. Auf der Autobahn fährst du zunächst Richtung Osten bis ...«

So was bringt mich zum Wahnsinn. Schließlich habe ich keinen Kompaß im Kopf. Nord und Süd macht für mich überhaupt nur Sinn, wenn es um den amerikanischen Bürgerkrieg geht. Sonst ist Norden dort, wo der Daumen links ist, und Süden, wo der Daumen rechts ist, ganz gleich, wo und wie ich gerade stehe. Das gleiche gilt für Meilen. Ich bin einmal eine Meile zu Fuß gelaufen, das waren die längsten anderthalb Stunden meines Lebens. Also, Meilen kann man getrost aus dem Spiel lassen.

»Sag mir lieber, ob ich rechts oder links abbiegen muß«, schlage ich vor.

»Ich habe doch schon oft genug versucht, es dir mit links und rechts zu erklären«, meint er geduldig.

»Und?«

»Du hast dich verfahren. Ich zeichne es dir lieber auf.«

»Ach du meine Güte, bloß nicht. Sag mir einfach, ob ich am Ende der Straße rechts oder links abbiegen muß.«

»Richtung Norden… also gut, eben rechts. Und dann nochmal rechts. Sollte dich die Sonne blenden, dann fährst du jedenfalls in die falsche Richtung.«

»Ich dachte, die Sonne geht im Osten auf.«

»Nicht um halb fünf am Nachmittag«, antwortet er spöttisch.

»Warum mußt du mich immer durcheinanderbringen? Du willst dich doch nur wichtig machen.«

»Warum bist du bloß so ungeduldig?«

»In meinem Alter ist Geduld keine Tugend, sondern ein Luxus.«

Wo immer sich Frauen treffen, die sich verfahren haben, sei es an Tankstellen, auf abgelegenen Maisfeldern oder an Autobahnausfahrten, gibt es nur ein Gesprächsthema: Wie wichtig sich ihre Männer tun, ihnen zu erklären, wo's langgeht.

Eine Frau erzählte mir einmal eine ganz unglaubliche Geschichte. Sie hatte an einer Tankstelle gehalten und gefragt: »Ich suche den Sportplatz, wo mein Sohn Baseball spielt. Der Sportplatz heißt Prindle's Field.«

Der Tankwart strich sich über das Kinn und sagte: »Prindle's Field ist ungefähr drei Meilen westlich von Dake's Corner, wenn man die Ausfahrt Mill Road vom Hans Expressway nimmt.

Sie überqueren zwei Kreuzungen und biegen bei der Unterführung, an der Ecke also, wo die ehemalige presbyterianische Kirche steht, sie ist inzwischen von den Methodisten übernommen worden, rechts ab, fahren dann immer geradeaus, bis es nicht mehr weitergeht, biegen links ab, und dann sehen Sie schon eine kleine Tankstelle namens Fred's.«

Sie guckte ihn erstaunt an und bemerkte: »Aber so heißt ja Ihre Tankstelle. Wo ist Prindle's Field?«

»Das will ich Ihnen ja gerade erklären. Sie sind schon da. Der Sportplatz ist hinter der Tankstelle.«

Männer haben einen Überheblichkeitskomplex in Sachen Autofahren. Ich wünschte, ich hätte einen Dollar für jeden Witz über die Frau am Steuer gekriegt, den ich mir im Laufe meines Lebens anhören mußte. Männer tun nichts lieber, als über die Frau zu lästern, die ständig durch die Prüfung fiel, weil sie ihre rechte Hand nicht von der linken unterscheiden konnte.

Nach Jahren trifft sie ihren alten Fahrlehrer wieder, der sie auch prompt fragt, ob sie sich inzwischen sortiert hat.

»Aber natürlich«, antwortet sie stolz, »ich fahre doch täglich.« Dabei hält sie ihre Hände hoch. »Rechts Rubin-, links Diamantring.«

Frauen haben ihre eigenen Witze über männlichen Orientierungssinn. Mein Lieblingswitz ist die Frage: Wenn ein Mann und eine Frau gleichzeitig von einem Gebäude springen, wer kommt als erster unten an? Die Frau natürlich. Der Mann hat sich unterwegs verirrt.

Der berühmte Pilot Douglas Corringan hat gar nicht erst nach dem Weg gefragt. Er verkündete vor den anwesenden Reportern und Fotografen lediglich, er sei auf dem Weg nach Kalifornien, bevor er dann in seine Propellermaschine stieg, zum Entsetzen der versammelten Menge einen großen Kreis beschrieb und schließlich in Dublin landete.

Weil wir gerade von Helden sprechen, muß einmal gesagt werden, daß auch Christoph Columbus nicht eben der Schlaueste war. Hätte man ihn auf der Höhe der Bahamas ein paarmal um die eigene Achse gedreht, hätte er Amerika auch nicht entdeckt, wenn es lichterloh gebrannt hätte.

Man kann über den fehlenden Orientierungssinn von Frauen sagen, was man will; Tatsache ist, daß es ein Mann war, der neulich von einem Verkehrspolizisten in seinem Auto am Strand von San Diego gefunden wurde.

Besagter Mann starrte völlig irritiert auf eine Karte, die er vor sich ausgebreitet hatte, und erzählte dem Polizisten, er komme aus New Mexico und suche Arizona. Offenbar habe er es verpaßt.

Es ist mir egal, was man über den ausgeprägten Orientierungssinn von Tieren sagt, zum Beispiel über den der Wale, die jedes Jahr wieder nach Baja kommen. Woher wollen wir wissen, daß sie tatsächlich nach Mexiko wollten? Es könnte doch sein, daß sie eigentlich nach Hawaii wollten und die Walmännchen sich einfach nicht dazu herablassen konnten, nach dem Weg zu fragen.

Präriehunde sind gesellige Tiere, die ihre Artgenossen zur Begrüßung beschnüffeln, sich an sie schmiegen und sie küssen.

Obwohl ich seit unzähligen Jahren meine Mitmenschen begrüße und mich von ihnen verabschiede, weiß ich immer noch nicht, wie man's macht.

Ganz gleich, wie sehr ich mich bemühe, ich habe bis heute nicht herausgefunden, wer küßt, wer die Hand schüttelt, wer umarmt und wer lediglich winkt oder zunickt.

Jedesmal, wenn ich Gift darauf nehmen könnte, einen Handschüttler vor mir zu haben, ist er unweigerlich Umarmer, und ich stehe vor ihm mit steif herabhängenden Armen wie eine aus dem Sarg gefallene Mumie.

Handelt es sich aber um einen Küsser, den ich fälschlicherweise als Zuwinker eingestuft habe, erwischt ihn todsicher meine Hand auf der Backe.

Nur eines weiß ich mit Sicherheit: daß man nicht einfach »Hallo, wie geht's?« sagen kann, denn heutzutage spitzt fast jeder kußbereit die Lippen.

Wer gerade beim Mittagessen ist, wischt sich mit der Serviette über den Mund und vergräbt das Gesicht im Haar des anderen, wo dann die letzten Essensreste hängenbleiben. Krankenbesucher beugen sich über lange, blasse, leblose Hüllen in zu kurzen Nachthemden, und Gott allein weiß, was sie da umarmen.

Aber den Preis für den unangenehmsten Kuß bekommt die katholische Kirche für den Friedenskuß während der Messe. An einer Stelle der Liturgie des Gottesdienstes werden die Gemeindemitglieder aufgefordert, sich ihrem Nachbarn zuzuwenden und mit ihm oder ihr einen Friedenswunsch auszutauschen, der von einer Umarmung und einem Kuß begleitet werden kann. So eine Art religiös verbrämter Apfelsinentanz.

Mich hat's nie gewundert, wenn sich meine Kinder bei solchen Gelegenheiten unter der Bank verkrochen.

Aber alles bisher Beschriebene ist nichts im Vergleich zu der Küsserei während einer Talkshow. Das erste Zusammentreffen mit dem Gastgeber findet für gewöhnlich in der Garderobe statt, wo man einander vor lauter Freude um den Hals fällt. Im grünen Zimmer trifft man dann etwas später auf die anderen Gäste, mit denen man ebenfalls Umarmungen und Küsse austauscht.

Tritt man schließlich vor die Kamera, um sich auf den heißen Stuhl zu setzen, dann tut man, als hätte man den Gastgeber, den man noch vor fünf Minuten umarmt hat, seit ewigen Zeiten nicht gesehen, und küßt die Luft neben seiner Wange – damit Frisur und Make-up keinen Schaden nehmen. Das gleiche Zeremoniell wiederholt sich mit den anderen Gästen.

Am Ende der Talkshow erheben sich alle, und nacheinander wird jeder von jedem zum Abschied ein letztes Mal geküßt … vorausgesetzt, man trifft sich nicht noch einmal auf dem Parkplatz.

Nicht alle sind mit diesem Kußzeremoniell einverstanden. Dazu gehört auch mein Mann. Außer seiner Frau, seiner Mutter und seinem Hund küßt er grundsätzlich niemanden. Bräuchte er einmal Mund-zu-Mund-Beatmung, müßte ihm sein Lebensretter vorher offiziell vorgestellt werden.

Für meinen Mann ist Küssen nichts anderes als Bazillenübertragung, und mit Bazillen will er nichts zu tun haben. Wenn er das Pech hat, auf einen Küsser zu treffen, steht er stocksteif und mit hängenden Armen vor ihm. Der Arme könnte genausogut einen Mixer küssen.

Küssen im Fernsehen ist inzwischen so erregend wie der Anblick eines ausgehungerten Mannes, der sein Abendessen herunterschlingt.

Liebespaare, von denen man hingebungsvollen Genuß erwartet, rackern sich ab wie im Fitneß-Studio. Den Bildschirm füllen Körperteile, die man nicht identifizieren kann, Löwenmähnen ergießen sich über das Bett. Gut, sie sind jung, aber ich sehe es mehr von der pragmatischen Seite und kann mir, wenn wieder mal jemand mit dem Kopf über der Bettkante hängt, den Ausruf nicht verkneifen: »Den Rücken! Stützt den Rücken ab!«

Vor ein paar Tagen sah ich mir einen Western an, in dem am Ende der Held in der Wüste stirbt. Sein Bart war lang, die Kleider staubig, die Zähne dürfte er seit Jahren nicht mehr geputzt haben. Natürlich hatte er auch tagelang nichts zu essen gehabt. Die weibliche Hauptdarstellerin sprang vom Pferd, rannte auf ihn zu und küßte ihn leidenschaftlich auf den Mund. Ich bitte Sie! Finden Sie nicht auch, daß Mundgeruch selbst die größte Liebe erstickt?

Nun aber zu den Grußritualen der Tiere.

1939 kreuzte ein Fahrzeug der Küstenwache im kanadischen Eismeer. Die Besatzung sichtete einen Polarbären auf einer Eisscholle. Die Männer freuten sich über diesen Anblick und warfen ihm Salami, Erdnußbutter und Schokolade zu. Schließlich gingen an Bord die Leckerbissen aus. Weil jedoch dem Polarbären der Appetit keineswegs verging, machte er Anstalten, das Fahrzeug zu entern. In Angst und Schrecken versetzt, setzten sich die Männer mit dem Feuerwehrschlauch zur Wehr. Der Polarbär fand das herrlich und hob seine Pranken, um sich auch die Achselhöhlen waschen zu lassen. Der Besatzung gelang es nur mit Mühe, ihn auf seine Eisscholle zurückzudrängen.

Mein Onkel Kenneth gestaltete Abschiede ziemlich undramatisch. Als er und meine Tante einmal bei uns zu Besuch waren, sagte ich schließlich irgendwann: »Tante Louise, ich glaube, Onkel Kenneth möchte nach Hause fahren.«

»Wie kommst du darauf?« fragte sie.

»Er sitzt bei laufendem Motor im Auto, und der Wagen rollt bereits langsam aber sicher rückwärts aus der Einfahrt.«

Keine Kußhand, kein »Danke für den netten Nachmittag«, kein Händedruck, kein »Also, bis bald«.

Dieses Verhalten ist offenbar typisch männlich. Männer lassen sich nicht auf Small talk ein, sie gehen einfach. Dagegen hat eine Frau das Bedürfnis, sich gebührend zu verabschieden. Wenn sie an der Tür steht, wird sie Sie wissen lassen, wie sehr sie sich gefreut hat, Sie wiederzusehen und daß man sich doch öfters sehen sollte. Sie wird einen Anruf in der nächsten Woche ankündigen. Sie werden sich etwa fünfmal umarmen, ehe sie Ihnen ein allerletztes Mal versichert »Du siehst wirklich großartig aus« und »Ich rufe ganz bestimmt bald an.«

Wenn Sie sie zum Auto begleiten, halten Sie entweder geschlagene zehn Minuten die Autotür in der Hand, oder Sie umkreisen das Auto wie ein Geheimdienstler, der den Präsidenten bewachen soll.

Frauen messen Körperkontakte oft merkwürdig viel Bedeutung zu, andererseits kann man diese in unserer Zeit kaum noch umgehen. Liebevolle Berührungen gehören heute zum guten Ton.

Wir alle versuchen, aus jeder Situation das Beste zu machen, aber ich war *wirklich* beeindruckt von einer Frau, die ich kürzlich beobachtete, als sie ziemlich früh eine Party verließ. Als sich der Gastgeber vorbeugte, um sie zu küssen, sagte sie: »Ich bin erkältet.« Als er Anstalten machte, sie zu umarmen, sagte sie: »Vorsicht! Mein Rücken!«

Als er ihr die Hand entgegenstreckte, sagte sie: »Das geht schlecht bei den vielen Ringen.« Er winkte ihr nach, und sie wies ihn lächelnd zurecht: »Mein Mann ist sehr eifersüchtig.«

Dann drehte sie sich noch einmal um und meinte augenzwinkernd: »Sie dürfen mir schreiben!«

Verabschiedung ist offenbar ein Ritual, das dringend einer Regelung bedarf. Sonst wird es sich nicht vermeiden lassen, daß wir weiterhin Leuten auf die Füße treten, daß wir mit den Nasen zusammenrumpeln, unser Haar sich in Broschen verfängt, Brillen sich ineinander verhaken, Lippenstift an den unmöglichsten Stellen auftaucht und überhaupt allgemeine Verwirrung herrscht.

Deshalb schlage ich folgende Regeln vor:

1. Lesen Sie das Namensschild – sofern Ihr Gegenüber eins angesteckt hat –, damit Sie wissen, wen Sie küssen.

2. Verschaffen Sie sich möglichst rasch einen Überblick über die Dinge, die Verletzungen hervorrufen könnten – Kugelschreiber, Kreditkarten mit scharfen Kanten, Schlüsselanhänger und spraybehandeltes Haar. Nähern Sie sich mit Vorsicht!

3. Versichern Sie dem/der Küssenden mit ausgestreckten Armen, daß er/sie wunderbar aussieht.

4. Treten Sie, um das Gleichgewicht zu halten, mit dem rechten Fuß vor, wobei Sie die Hand Ihres Gegenübers ergreifend mit Ihrem Mund auf die linke Seite des entgegenkommenden Gesichts zielen. LINKS! Das ist wichtig.

5. Spitzen Sie Ihre Lippen, schließen Sie die Augen (um zu vermeiden, daß Ihnen gefährliche Gegenstände die Augen ausstechen) und versuchen Sie, den direkten Kontakt mit Wange und Lippen Ihres Gegenübers zu vermeiden.

6. Flüstern Sie eindringlich: »Wir müssen uns bald wiedersehen.«

Experten auf dem Gebiet menschlicher Psychologie vertreten die Meinung, daß viele Menschen die Umarmung suchen und sich der Bedeutung von Berührung sehr wohl bewußt sind. Körperkontakt stärkt das Selbstvertrauen, fördert Heilungsprozesse und baut Streß ab.

Inzwischen ist mir Küssen zur Gewohnheit geworden. Ich küsse jeden. Ich habe sogar den Mann geküßt, der vor ein paar Tagen den Thermostat in meinem Backofen ausgewechselt hat. Da ich mich über seinen Besuch wirklich gefreut habe, verstehen Sie das doch sicher, oder nicht?

Das Weißschwanzgnu ist ein überaus aktives Tier. Nicht selten nimmt es eine Wegstrecke von achthundert Meilen in Kauf, um an sein Ziel zu gelangen, wobei es schier unermeßliche Hindernisse überwindet. Es rast über gefährliche Abhänge, durchschwimmt Flüsse voller Krokodile, nimmt es mit Überschwemmungen und Feinden auf, um an den gewünschten Ort zu gelangen. Durch nichts läßt es sich auf seiner jährlichen Wanderschaft aufhalten.

Los Angeles ereilt ein Erdbeben von der Stärke 6,6 auf der Richterskala. Eine Frau sitzt vollkommen aufgelöst in ihrem Wagen, denn ein Polizist hat ihr eben erklärt, daß der Freeway, den sie nehmen wollte, wie ein Streichholz eingeknickt sei. Ungeduldig legt sie den Rückwärtsgang ein und windet sich durch kleine Sträßchen, die mit Glassplittern und Trümmern übersät sind. Verstörte Menschen irren ziellos zwischen brennenden Häusern umher, Feuerwehrmänner beleuchten mit Scheinwerfern die Zerstörung.

Endlich stellt die Frau ihr Auto auf dem Parkplatz eines kleinen Einkaufszentrums ab, tritt durch die Tür ihres Friseursalons und ruft: »Tut mir leid, Pierre, daß ich mich verspätet habe.«

Eine Frau mit Friseurtermin stellt sogar die Zuverlässigkeit eines Postboten in den Schatten. Wenn man von Schneestürmen, Platzregen, Hitzewellen und düsterer

Nacht spricht, meint man sicher eigentlich die Frau, die die Einhaltung ihres wöchentlichen Friseurtermins über alles stellt.

Katastrophen betrachtet sie lediglich als Herausforderungen. Sie würde ein Ruderboot durch eine Flutwelle steuern, um rechtzeitig zum Waschen und Legen zu kommen. Tastend und stolpernd fände sie durch die schwärzeste Nacht.

Das einzige Zugeständnis, das sie während eines Erdbebens machen würde, wäre, mit dem Haareschneiden zu warten, bis das Beben etwas nachgelassen hat.

Eigentlich möchte man meinen, daß im Staate Alaska Friseur- und Schönheitssalons während der kältesten Jahreszeit geschlossen haben, aber weit gefehlt. Unverdrossen klettern Frauen in ihre Autos mit den extrabreiten Reifen und den eingefrorenen Benzinleitungen, um sich bei minus sechzig Grad den Weg durch Schneeverwehungen zu bahnen, weil der Haaransatz neu getönt werden muß.

Es gibt eben Situationen im Leben einer Frau, die sie mit ungepflegtem Haar einfach nicht bewältigen kann. Zum Beispiel gebären, heiraten, Kinder irgendwohin bringen, Abfall wegbringen oder mit der Jugendfreundin des eigenen Mannes telefonieren.

Einer der ersten Termine einer Witwe nach dem Tod ihres Mannes ist der beim Friseur. Alles übrige mag bei der Beerdigung grauenhaft aussehen, aber die Frisur sitzt und ist mit soviel Haarlack eingesprüht, daß es bis zum Jüngsten Gericht halten wird.

Je mieser ich mich fühle, desto sicherer bin ich, daß der Grund für meine schlechte Laune an den Haaren liegt. Ich hänge über der Toilettenschüssel und gebe mein Mittagessen von mir, mein mitfühlender Mann will mir einen nassen Waschlappen auf die Stirn drücken, da reiße ich ihm gerade noch den Lappen aus der Hand und schreie: »Du Blödmann! Du drückst meine Locken ganz platt, siehst du das nicht?!«

Was immer ich auch habe – wenn meine Haare fettig sind, wird's mir nie besser gehen. Daran läßt sich nicht rütteln.

Ich weiß auch, daß Haare mit unglaublicher Geschwindigkeit wachsen, wenn man unpäßlich ist. Der Pony kann bis zu achtzehn Zentimeter pro Woche länger werden, und kurzes, nackenlanges Haar bedeckt innerhalb von drei Tagen das ganze Kopfkissen. Was mit dem Haaransatz los ist, brauche ich wohl nicht zu erläutern.

Sobald eine Frau Stammkundin ist und einmal pro Woche einen schicksalentscheidenden Friseurtermin hat, wird sie diese Gepflogenheit nie wieder ablegen.

Vor einigen Jahren hatte ich Gelegenheit zu einem mehrwöchigen Besuch in der damaligen Sowjetunion. Unmittelbar vor dem Abflug war ich nochmal beim Friseur, mein Haar »saß« also. Fünf Tage später war es allerdings höchste Zeit, eine Generalüberholung vorzunehmen.

Trotz der Tatsache, daß ich nur zwei russische Wörter kannte – Kaviar und Gorbatschow –, gestikulierte ich mich schließlich zu einem russischen Friseursalon durch.

Schon die Verständigung mit dem eigenen Friseur kommt bestenfalls der Entschlüsselung eines militärischen Geheimcodes gleich. Aber natürlich lernt man mit der Zeit. Man weiß, daß man jemandem, der Shampoo kisten- und Watte ballenweise kauft, nicht im Ernst sagen kann: »Bitte nur die Spitzen schneiden.« Man weiß auch, daß es riskant ist, dem Fachmann ein Foto von Julia Roberts unter die Nase zu halten, das man aus einer Zeitschrift herausgerissen hat, und zu sagen: »Das wär was für mich.« Wenn er sich vor Lachen den Bauch hält und sich gar nicht mehr beruhigen kann, läßt man das Bild am besten gleich verschwinden. Auf keinen Fall sollte man sagen: »Ich lasse mich gerne überraschen.« Warum, brauche ich Ihnen nicht zu erklären, oder?

Aber zurück zum russischen Friseursalon. Die Friseuse hatte etwa dreißig Pfund Haare auf dem Kopf, die an einen verwüsteten Strohballen erinnerten. Eigentlich hätte mich das stutzig machen sollen. Ich versuchte es wieder mit Zeichensprache: »Hier über dem Ohr bauschig mit einer Welle, diese Strähne lockig nach hinten, vorne ein Pony. Okay?«

Sie stand hinter mir, starrte stumm und ausdruckslos in den Spiegel und hielt sich an ihrem Kamm fest. Sie rührte sich nicht, ihr Kamm auch nicht.

Gestikulierend wiederholte ich meine Wünsche.

Schließlich ging sie zum Ladentisch hinüber und holte ein Bild von Linda Evans aus dem Denver-Clan. Linda Evans hat schulterlanges blondes Haar. Ich habe einen mausbraunen, etwa neun Zentimeter langen Kurzhaarschnitt.

Ich lächelte. »Wunderbar.«

Sie nahm die Schere und begann, ebenfalls lächelnd und fröhlich summend, munter drauflos zu schneiden. Als sie mir den Spiegel in die Hand drückte, damit ich ihr Werk von allen Seiten begutachten konnte, meinte sie in ausgezeichnetem Englisch: »Es wächst ja wieder nach.«

Der Standardsatz der Friseure in aller Welt.

Männer haben die Beziehung zwischen einer Frau und ihrem Friseur noch nie verstanden. Für sie zählt das Haar aber auch nicht zu den Heiligtümern. Selbst wenn ihre Haare auf dem Kragen aufliegen und in neun verschiedene Richtungen abstehen, haben sie es nicht eilig, die Sache in Ordnung zu bringen. »Ich muß mir die Haare schneiden lassen« sagen sie in demselben Ton wie »Ich muß Geld wechseln für den Kaffeeautomaten.« Zwischen ihnen und ihrem Friseur gibt es keine Kommunikation. Sie sitzen in einem Stuhl, lesen die Zeitung, schließen die Augen, wenn sie eingestäubt werden, zahlen und gehen. Es gibt sogar Männer, die sich nicht einmal die Mühe machen, einen Blick in den Spiegel zu werfen.

Friseure sind Frauensache. Der Termin beim Friseur ist ein Sakrileg. Und weder eine leere Autobatterie noch das größte Unwetter, noch der nicht erscheinende Babysitter, noch eine Bombe, die direkt auf den Friseursalon fällt, können eine Frau auf dem Weg dorthin aufhalten. Darin ähnelt sie dem Gnu.

Möglicherweise kommt jemand, der sich zwischen eine Mutter und ihr Kind stellt, mit dem Leben davon, aber zwischen eine Frau und ihren Friseur – das würde ich keinem raten!

Ein Tierarzt versorgte ein verwundetes Reh; er reinigte die Wunde und legte einen Verband an. Das Reh machte einen Satz, streifte den Verband ab, leckte sich die Wunde und ließ sie an der frischen Luft und im Sonnenlicht heilen.

Noch nie war das Interesse an alternativer Medizin so groß wie heute. Das Spektrum reicht von Biofeedback und Kräutern bis zu Meditation und Akupunktur, von Tai Chi bis zu einer Diät aus Haiknorpel zur Krebsbekämpfung, von Selbsthilfegruppen bis zur Wunderheilung durch Handauflegen auf den Fernsehbildschirm.

Obwohl vieles davon spekulativ ist, wenden sich immer mehr Menschen den alternativen Heilkünsten zu, weil sie mit der Schulmedizin recht bizarre Erfahrungen gemacht haben.

Wir kennen das alle. Wenn ich krank bin, besteht der Schulmediziner als erstes darauf, daß ich mich zu Hause aus dem Bett quäle und in seine Praxis komme, wo ich mich ausziehen und auf einen kalten Stuhl setzen muß. Während ich warte, drückt man mir eine medizinische Zeitschrift in die Hand, mit der ich mir das Warten verkürzen soll. Irgendwann erscheint der Doktor und fragt: »Na, was fehlt uns denn?«

Ich erkläre ihm, ich sei mit meinem Leben unzufrieden, sämtliche Geräte im Haus gäben langsam aber sicher den

Geist auf, und ich müsse dringend meine Zähne richten lassen. Außerdem führte ich Gespräche mit den Autoaufklebern, mein Haar glänze nicht mehr, und ich hätte wegen meiner Kinder schon dreimal das Haustürschloß auswechseln lassen müssen.

»Sie haben allen Grund, deprimiert zu sein«, sagt er. »Sie können sich wieder anziehen.« Dann geht er an seinen Schreibtisch und stellt ein Rezept für ein Arzneimittel aus, das teurer ist als meine jährliche Heizöllieferung.

Das zweite, worauf sich Mediziner phantastisch verstehen, ist, für ihre Patienten ein Rendezvous mit einem Unbekannten zu arrangieren. Der Kranke wird mit einer Person, die er noch nie zuvor in seinem Leben gesehen hat, in einem sterilen Krankenzimmer untergebracht. Leider befinden sich die Zimmergenossen in sehr unterschiedlichen Stadien des Genesungsprozesses. Wenn Sie mit jemandem in einem Zimmer liegen müssen, der nur Chips ißt und den Fernseher auf Brüllstärke eingestellt hat, während Ihnen der Sinn nur nach Würgen und Erbrechen steht, dürfte es problematisch werden. Auch besteht ein eindeutiger Zusammenhang zwischen Gesundheits- beziehungsweise Krankheitsstadium und der Anzahl der Besucher. Sie können sicher sein – je schlechter es Ihnen geht, desto größer ist der Publikumsverkehr beim Zimmernachbarn.

Die Schulmedizin vertritt darüber hinaus offenbar die Meinung, ein Kranker dürfe im Krankenhaus niemals in Ruhe gelassen werden. Darum ergießt sich ein ständiger Strom unbekannter Hilfskräfte ins Krankenzimmer, die Blut abzapfen und Urinproben verlangen, um dann auf Nimmerwiedersehen zu verschwinden.

Es gibt Krankenschwestern, die sich persönlich gekränkt fühlen, wenn man den Teller nicht leer gegessen hat. Ferner gibt es immer eine Gruppe von Ärzten, die noch

»in der Ausbildung« sind und einen mit schreckgeweitetem Blick beäugen, so als würden sie selbst gleich erkranken.

Bei all diesem regen gesellschaftlichen Leben sind zahllose Untersuchungen zu absolvieren. Anscheinend herrscht eine große Nachfrage nach diesen Untersuchungen, denn man verbringt die meiste Zeit auf einer Tragbahre in einem Korridor im Keller und starrt gegen die Decke. Das einzige, worauf man sich in dieser Situation verlassen kann: Wenn man für eine Untersuchung mit so viel Flüssigkeit aufgepumpt ist, daß man schon zu platzen fürchtet, befindet sich die Toilette im Ostflügel, während man selbst im Westflügel liegt.

Ich persönlich schätze unter allen Untersuchungen am meisten die Kernspincomputertomographie. Dabei handelt es sich um ein hochspezialisiertes Röntgenverfahren, bei dem man sich in eine Metallröhre von der Größe einer Toilettenpapierrolle schieben lassen muß. Kaum liege ich wie eine Sardine eingezwängt in der Röhre und verfluche die Dunkelheit, höre ich eine Stimme aus dem Lautsprecher fragen: »Leiden Sie unter Klaustrophobie, Erma?« Die Angstphantasien, die man entwickelt, sind überwältigend. Um mich abzulenken, schlägt der Techniker, der die Apparaturen bedient, vor, das Radio einzuschalten. Er versichert mir, daß ich mich sofort besser fühlen werde, wenn ich erst einmal vergessen habe, wo ich bin.

Während ich nun in meinem elektronischen Sarg liege, höre ich die Stimme einer Interviewerin, die eine gewisse Beverly, eine Puffmutter in Denver, befragt. Ich lasse mich berieseln. Beverly verdient mehr Geld an einem Tag, als ich in meinem ganzen Leben verdient habe. Das frustriert mich dergestalt, daß ich laut losheulen könnte.

Es ist gesetzlich vorgeschrieben, daß Ärzte ihre Patienten auf die Nebenwirkungen eines verschriebenen Medikaments aufmerksam machen müssen. Als Faustregel kann man sich merken, daß ein Medikament, das gut riecht, gut schmeckt und obendrein noch von der Krankenkasse bezahlt wird, gar nicht helfen *kann*.

Die moderne Medizin hat so eine Art, die einfachste Krankheit unnötig zu komplizieren. Etwas wie eine simple Erkältung gibt es gar nicht mehr. Es handelt sich immer(!) um ein Virus, gegen das niemand etwas ausrichten kann. Die Ärzte wissen nur, daß das Virus vor keinem haltmacht.

Auf dem Beipackzettel des ersten Medikaments, das mir verordnet wurde, stand, es dürfe bei Herzerkrankungen auf keinen Fall eingenommen werden. Für Diabetiker komme es überhaupt nicht in Frage, und bei Bluthochdruck sei es in hohem Bogen aus dem Fenster zu werfen. Anders ausgedrückt hieß das, daß ich zuerst gesund werden mußte, bevor ich es einnehmen konnte.

Dem Beipackzettel der Nasentropfen, die ich in der Apotheke kaufte, war zu entnehmen, daß sie zu Schwindel führen und ich deshalb nicht mit dem Auto zur Arbeit fahren konnte, was mich vor die Wahl stellte, entweder den Schnupfen in Kauf zu nehmen oder meinen Job zu verlieren.

Tabletten, die mein Fieber senken sollten, führten zu Verstopfung, wohingegen die, die den Schleim lösen sollten, Durchfall hervorrufen konnten. (Ich kombinierte scharfsinnig, daß sie sich gegenseitig aufheben würden, wenn ich beide einnahm.)

Bei Einnahme des Hustensafts wurde von schweren körperlichen Arbeiten abgeraten. (Also kein Staubsaugen mehr.)

Tropfen, die mir helfen sollten einzuschlafen, konnten zu Übelkeit und gelegentlich auch Schüttelfrost führen. (Beides hatte ich jedoch bereits.)

Die Vitamin- und Mineraltabletten waren mit dem Vermerk versehen »Kann zu allergischen Hautreaktionen im Genitalbereich führen«. Diese Tabletten kaufe ich mir bestimmt wieder.

Fazit: Am besten brütet man seine Erkältung ohne fremde Hilfe aus.

In der Regel überlebt ja ein Kranker seine Krankheit, aber wenn er privat versichert ist, bringt ihn der daraus resultierende Papierkrieg schließlich doch zur Strecke. Die Abrechnung der Kosten durch die private Krankenkasse kann ein Jahrhundertwerk werden. Nicht selten zieht sich der Papierkram so lange hin, daß der Antragsteller nicht mehr unter den Lebenden weilt. Monate nach dem Tod meines Vaters kamen Rechnungen von Labor und Krankenhaus an seine Adresse, außerdem das Angebot, eine neue Kreditkarte kostenlos zu testen und den Marines beizutreten.

Die nackte, unbarmherzige Wahrheit ist die, daß in den Büros keine Menschen mehr sitzen, die die Anträge auf Kostenerstattung bearbeiten könnten. Deshalb geht auch keiner ans Telefon. Die Bearbeitung erfolgt über den Computer. Und hat der Computer erst einmal ausgerechnet, daß Sie noch 12,42 Dollar schuldig sind, werden Sie für den Rest Ihres Lebens verfolgt, ganz gleich, ob Sie bezahlt haben oder nicht.

Sie werden dann tagtäglich an Ihrem Küchentisch sitzen, Formulare ausfüllen, die Sie bereits eine Million Mal ausgefüllt haben, anschließend zum Copyshop gehen, um sie dreimal zu kopieren, und dann alles zum nächsten Postamt tragen.

Sollte es Ihnen einfallen, die Versicherungsgesellschaft anzurufen, weil Sie eine Frage haben, werden Sie zur Überbrückung das Lied »Happy Days Are Here Again«, gesungen von Barbra Streisand, und eine Bandstimme mit der Ansage

»Ihr Anruf ist wichtig. Bitte legen Sie nicht auf!« hören. Falls Sie nach fünf Stunden die Nerven verlieren sollten, Barbra Streisand hassen und sich für unzurechnungsfähig erklären, drücken Sie einfach auf die Gabel.

Vielleicht ist das Reh, das auf Selbstheilung setzte, bahnbrechend für eine neue alternative Medizin, aber komischerweise ist das Tier, das uns Menschen am meisten ähnelt und deshalb für viele Versuche herhalten muß, die Maus. (Die Vorstellung, mit einem pelzigen Nagetier mit Knopfaugen und Schwanz, aber ohne Taille genetisch verwandt zu sein, zieht mich noch mehr hinunter.)

Ich war noch nie in einem Testlabor für Mäuse. Wenn ich höre, daß an ihnen die Auswirkungen von Zigarettenrauch und Alkohol und die Folgen starker Sonneneinstrahlung getestet werden, stelle ich mir zwangsläufig zigarettenrauchende und cocktailtrinkende Mäuse am Swimmingpool vor, die ihre Bäuche in den Turbobräuner halten.

Und wie soll man sich das vorstellen, wenn man im Wissenschaftsteil der Zeitung liest, dauerlaufende Mäuse, die dreimal wöchentlich einen Pulsschlag von über einhundertdreißig erreichen, lebten länger? Ich jedenfalls reagiere darauf mit der Bilderbuchvorstellung von Mäusen in Jogginganzügen, deren Füßchen in zwei Paar Puppenlaufschuhen stecken, und die dann ein paar Seiten weiter dem Mäuseradio lauschen, das in der Wunschsendung betagten Jubilaren gratuliert.

Vor kurzem las ich, Mäuse wurden gemolken, weil man die Auswirkungen genetischer Veränderungen auf den Eiweißgehalt der Milch messen wollte. Mich interessieren die Ergebnisse nicht. Ich möchte nur wissen, welchen Melkschemel man dabei benutzte.

Was ich überhaupt nicht verstehe, ist folgendes: Wenn Mäuse zu Versuchszwecken für jede Sucht und Krankheit herhalten müssen, angefangen von Nikotin, über Alkohol, Drogen, erhöhtes Cholesterin bis hin zu Schlafentzug, Inzucht und Luftverschmutzung – warum gibt es dann mehr Mäuse als Menschen auf der Welt?

Jeden Tag erfindet jemand eine neue Alternative zur modernen Schulmedizin. Ganz gleich, welche Gesundheitsreform man einführt, das Gesundheitswesen wird stündlich komplizierter.

Ich möchte meinen eigenen WERDE-GESUND-ODER-STERBE-GLÜCKLICH-Plan dazu beisteuern. Dabei wird folgendermaßen verfahren: Sie fühlen sich krank, aber statt auf ein Krankenhausbett zu warten, mieten Sie sich in einem großen Hotel in Los Angeles oder einer anderen Großstadt zum Preis von hundertfünfzig Dollar pro Nacht ein. Das Zimmer im Krankenhaus kostet das Zwei- oder Dreifache. Zu diesem Preis bekommen Sie im Hotel eine Suite mit Fernsehgerät und Badezimmer. Im Preis inbegriffen sind Frühstück und Tageszeitung sowie ein flauschig-weicher Bademantel, der den GANZEN Körper bedeckt.

Besucherautos werden vom Hotelpersonal kostenlos geparkt. Es gibt einen Swimmingpool und Liegestühle, und wenn Sie Ihren Teller nicht leer essen, stört das keine Menschenseele. Sie können lesen, bis Sie einschlafen, niemand reißt Sie aus dem Schlaf, um Ihnen eine Schlaftablette zu geben oder um sich zu vergewissern, daß Sie noch leben.

Wenn Sie Ihren Herzschlag ankurbeln wollen, empfehle ich einen Spaziergang auf dem Rodeo Drive und das Studium von Preisschildern. Wenn Sie sich langweilen, setzen Sie sich in die Hotelhalle und hören zu, wie sich andere Hotelgäste wegen der Hotelrechnung herumstreiten.

Sollten Sie das brennende Verlangen nach einem Arzt haben, dann begeben Sie sich auf den nahegelegenen Golfplatz, da treffen Sie bestimmt einen und können ihm, während Sie einen eisgekühlten Drink schlürfen, erzählen, was *Reader's Digest* zu Ihrem Leiden meint.

Das Allerbeste an meinem Plan ist aber, daß Sie dabei nie mehr irgendein Formular auszufüllen brauchen. Immer noch nicht überzeugt? Und wenn ich Ihnen nun sage, daß die Fahrt in einem Krankenwagen das gleiche kostet wie ein Flug erster Klasse nach London?

Alles klar? Ich wette, es geht Ihnen bereits sehr viel besser.

Viele Tiere neigen dazu, Dinge zu horten. Die Waldratte stiehlt mit Vorliebe Schmuck, Kronenkorken und Besteck und lagert alles ein. Das Eichhörnchen vergräbt alle dreieinhalb Minuten ungefähr fünf Nüsse, bis der Vorrat in die Zigtausende geht. Oft vergißt es, wo es die Nüsse versteckt hat.

Damit Sie mich nicht mit irgendeinem Amateursammler verwechseln, muß ich Ihnen erklären, daß es verschiedene Arten von Aufbewahrern gibt. Feld-, Wald- und Wiesenhorter sammeln beispielsweise Gummibänder, als würden von morgen an keine mehr hergestellt. Zu ihnen zählen auch die Anhänger von leeren Joghurtbechern, die nicht die leiseste Ahnung haben, was sie mit den Stapeln anfangen sollen. Ganz zu schweigen von den Margarinedosenfreaks, die darin Essensreste aufbewahren, um sie spätestens drei Tage später leicht verschimmelt wegzuwerfen. Das sind alles nur Anfänger.

Nein, ich spreche von einer Frau, die noch das Zeugnis aus der dritten Grundschulklasse aufbewahrt, Rabattmarken, die schon lange abgelaufen sind, einzelne Ohrringe, Stiefel, von denen der eine ein Loch in der Sohle hat und einen Tierkalender von 1987, weil im Februar ein Bär mit Hut abgebildet ist.

Aus irgendeinem seltsamen Grund kann ich kein Backblech wegwerfen. Auch wenn es wie die Ölauffangpfanne eines 1938er Chrysler aussieht und ein neues Backblech nicht einmal drei Dollar kostet, so muß ich doch zu seiner Verteidigung sagen, daß es wenigstens kein Loch hat.

Ich werfe auch nie einen Schlüssel weg, weil ich genau weiß, daß ich sonst unweigerlich kurz danach einen verschlossenen Koffer auf dem Dachboden finde, der dann natürlich nicht mehr zu benutzen ist, weil ja der Schlüssel fehlt.

Offenbar kann mein Mann beim besten Willen nicht verstehen, wieso ich eine Schublade voller Brillen habe, mit denen ich absolut nichts mehr sehe. »Die sind noch sehr gut«, habe ich ihm erklärt. »Ja, vielleicht um gegen eine Mauer zu laufen«, hat er erwidert.

Dem Wahnsinn sind keine Grenzen gesetzt. Offenbar gibt es jedes Jahr etwas Neues, was ich nicht übers Herz bringe wegzuwerfen. Beispielsweise Schulterpolster. Na bitte! Vor ein paar Jahren sind die Modeschöpfer auf diese optische Täuschung verfallen: Eine Frau mit Schultern vom Format eines Fußballers würde automatisch eine viel schmalere Taille haben.

Welch ein Irrtum! Abgesehen davon, daß man den Frauen eine Frankenstein-Silhouette verpaßte, die Polster »wanderten« auch noch. Nie werde ich den Schrecken vergessen, als plötzlich vier Hügel meine Brust zierten (zwei davon waren zugewandert). Die Schulterpolster machten mich verrückt. Ich zog einen Mantel mit Schulterpolstern über eine Jacke mit Schulterpolstern über eine Bluse mit Schulterpolstern. Die Polster rutschten auf meinen Rücken, was meine Freundin zu der Bemerkung veranlaßte: »Quasimodo, wie er leibt und lebt.«

Seitdem nehme ich die Schulterpolster aus jedem Kleidungsstück und hebe sie auf. Mit dem Ergebnis, daß ich in Schulterpolstern bald ersticke. Als Ohrringe sind sie zu groß. Als Stuhlkissen zu klein. Als Federball zu leicht. Was soll ich mit ihnen anfangen? Sie als Nachtbrille verwenden, wenn ich länger schlafen will? Als Knieschützer, wenn ich den Badezimmerboden schrubbe? Ohrenschützer? Polierhandschuhe für das Auto? Topflappen?

Eine meiner Freundinnen hatte zwar auch keine Verwendung dafür, riet mir aber dringend: »Heb Sie lieber auf.« (Ich sollte vielleicht erwähnen, daß es sich um eine Frau handelt, die aus Bleichmittelbehältern Blumentöpfe macht und aus Tablettenfolie Weihnachtsschmuck bastelt.)

Woran ich leide, ist eine von meiner Mutter ererbte Krankheit. Meine Mutter war ein Kind der Weltwirtschaftskrise der dreißiger Jahre. Eine meiner frühesten Kindheitserinnerungen ist eine Bemerkung meiner Mutter meiner Tante gegenüber: »Du wirst doch die Kartoffelschalen nicht wegwerfen?«

Heute hat meine Mutter ein eigenes Haus, zwei Autos und fünfunddreißig Kreditkarten. Ihren Lippenstift braucht sie mit Hilfe eines Lippenpinsels so weit auf, daß sie die leere Hülse gut noch anderweitig verwenden kann. Als Nadelbox beispielsweise.

Als ich sie nach dem Sinn und Zweck fragte, gab sie zur Antwort: »Diese Farbe gibt es nicht mehr.«

Mutter ist die Schachtelkönigin unserer Familie. Seit ich denken kann, steht sie immer, wenn ein Päckchen ausgepackt wird, an der Seite desjenigen, der auspackt. Nie hat eine leere Schachtel den Boden berührt.

Mutter hamstert die Schachteln und verstaut sie irgendwo in Schränken.

Im Laufe der Jahre ist sie zu einem Mekka für Papp-artikel geworden – sie führt ein Ein-Mann- oder vielmehr Ein-Frau-Wiederverwertungszentrum.

Falls Sie eine schwer zu verpackende Kettensäge verschenken wollen, hat sie bestimmt die richtige Schachtel dafür. Falls Sie ein übergroßes Elvis-Gemälde auf Samt haben, sie kann es für Sie verpacken. Nichts ist so groß oder so klein, als daß sie nicht die passende Schachtel dafür hätte.

An Weihnachten jedoch schlägt ihre Sternstunde.

Wir haben schon früh gelernt, daß Weihnachtspäckchen nie das halten, was sie versprechen. Die kleine Schmuckschachtel, in der man einen atemberaubenden Diamantring vermutet, enthält einen Fischköder.

Mutter ist kein besonderer Weihnachtsfan, aber wenn sie die vielen herrlichen Schachteln sieht, breitet sich ein seliges Lächeln auf ihrem Gesicht aus.

Wir hatten einen neuen Verwandten in der Familie, der eine Tiffany-Schachtel unter den Baum legte. Mutter konnte sich kaum noch beherrschen.

Zehn Jahre lang begleitete diese Schachtel von Tiffany unsere Weihnachtsfeste. Einmal enthielt sie einen Vogelkäfig, ein anderes Mal einen Feuermelder, voriges Jahr ein Strandhandtuch.

Als mich meine Tochter an ihrem Geburtstag im vergangenen Juni darauf ansprach, gab ich nur sehr widerwillig zu, daß auch ich inzwischen den Schachteln verfallen war.

Kein Wunder, daß es zwischen meiner Mutter und mir wegen einer Schachtel von Nordstrom zu einem Zusammenstoß kam. Sie behauptete, die Schachtel gehöre eigentlich ihr, ich entgegnete, daß sie in ihrem ganzen Leben noch keinen Fuß über die Schwelle von Nordstrom gesetzt habe und daß die Schachtel mir gehöre. Daraufhin sagte sie, sie habe mir dafür zwei Schachteln von Sears gegeben, woran ich mich nur nicht mehr erinnere.

Meine Tochter unterbrach uns mit dem Vorschlag, ob wir unsere Meinungsverschiedenheit nicht wenigstens so lange aufschieben könnten, bis sie die Schachtel geöffnet habe.

Später meinte sie, ich bräuchte therapeutische Hilfe, aber ich kann versichern, daß meine Manie keineswegs das Ausmaß hat, das ich bei meiner Mutter feststelle. In ihren Schränken und Kammern finden Sie nichts außer Schachteln in Schachteln.

So weit bin ich noch lange nicht.

Neulich war ich beim Bügeln, als meine Mutter vorbeischaute. »Was machst du?« fragte sie.

»Ich bügle altes Geschenkpapier und Schmuckband. Schau! So werden sie wieder richtig schön.«

Sie sah mich liebevoll an und lächelte. »Das ist das erstemal, daß du mich mit etwas richtig glücklich machst.«

Mein Mann meint, er wisse nicht, wie lange unser Planet meine Vorräte noch tragen könne.

Das ist unfair. Nicht alles, was ich aufhebe, gehört mir. Ein großer Teil gehört unseren erwachsenen Kindern, die in Wohnungen von der Größe eines Picknicktisches gezogen sind und deshalb keinen Platz für ihre Besitztümer aus Kinderzeiten haben.

In meinem Gästezimmer stehen neben einem Bett und einer Kommode sechs Stühle. Sie möchten doch wohl nicht ernsthaft wissen, warum mein Gästezimmer wie ein Wartezimmer aussieht?

Im Keller bewahren wir den Grill und die Gartenmöbel auf, im Geräteschuppen die Skier, und in der Einfahrt steht ein Auto, das niemand stiehlt, weil es nämlich gar keinen Motor hat.

Das alles verdanke ich meiner Mutter, denn ich habe ihre Grundsätze mit der Muttermilch eingesogen: Was nicht mehr repräsentabel ist, ersetzen; was man nicht mehr essen kann, aufheben und später wegwerfen! Was zu schmutzig ist, um nochmal richtig sauber zu werden, an einem sicheren Ort verstauen. Was man sich hin und wieder anschauen will, kommt in die Küchenschublade. Alles klar?

Der Gepard ist das schnellste Tier zu Land. Das katzenartige Raubtier verfolgt seine Beute mit einer Geschwindigkeit von bis zu einhundertzwanzig Stundenkilometern. Es kann in nur zwei Sekunden von null auf siebzig Kilometer beschleunigen.

Aber verglichen mit dem Finanzamt ist der Gepard eine Schnecke.

Ich nehme grob geschätzt an, daß einhundert Millionen Amerikaner alljährlich ihre Steuererklärung einreichen. Sie tun dies pflichtgemäß bis zu einem bestimmten Stichtag; wenn sie das nämlich nicht tun, werden sie es bis zu ihrem Lebensende bereuen. Die meisten Steuerpflichtigen warten aber bis zur allerletzten Minute. Eigentlich würde das bedeuten, daß der der Steuererklärung beigelegte Scheck niemals am gleichen Tag bei ihrer Bank eingelöst werden kann. Sie irren. Das Finanzamt macht's möglich.

Der Staat unterhält einen Postdienst, der mit der Postkutsche konkurrieren könnte. Er leistet sich ein Verteidigungsministerium, das Flugzeuge kauft, die schon veraltet und wertlos sind, bevor sie gebaut werden. Er kauft Toilettensitze zum Preis von einhundertachtzig Dollar pro Stück sowie ein beschädigtes Teleskop und hat seit Jahren sein Haushaltsbudget nicht mehr ausgeglichen. Aber sein Finanzamt, das Juwel der Krone, ist immer sofort zur Stelle. Es ist zur Stelle, wenn Sie in der Lotterie oder den Jackpot in Las Vegas gewinnen. Ein falscher Schritt, und Sie landen im Kittchen und müssen anschließend auch noch Sozialdienst ableisten.

Im Laufe des schönen Monats März erhält jeder steuerpflichtige Bürger der Vereinigten Staaten von Amerika ein Steuererklärungsformular. Es wird verfaßt von den gleichen Leuten, die die Bedienungsanleitung für den bemannten Raumflug schreiben.

Erwarten Sie nicht, daß das Finanzamt Humor hat. Sie werden auch nicht erleben, daß das Finanzamt jemals im Fernsehen durch den Kakao gezogen wird. Einmal habe ich mir erlaubt, meiner Steuererklärung einen kleinen handgeschriebenen Zettel hinzuzufügen: »Hallo, Kumpels, kennen Sie das, wenn die Bank anruft und Ihnen erklärt, der Überziehungskredit sei ausgeschöpft, und Ihnen am gleichen Tag Ihre heranwachsende Tochter eine Telefonrechnung von über sechshundert Dollar präsentiert, weil sie so gern eine bestimmte erotische Stimme hört, und Ihr gerade volljähriger Sohn das Auto vor die Mauer gesetzt hat? Wie wär's mit einem Zahlungsaufschub?«

Die Antwort, die übrigens bereits am nächsten Tag eintraf, lautete: »Wie wär's, wenn Sie für jeden Tag Aufschub die Toiletten im Sportstadion putzen?«

Natürlich verhält es sich mit der Steuerrückerstattung etwas anders. In diesem Fall ist dem Finanzamt Geschwindigkeit ein Fremdwort. So sind Geschwindigkeit und Schneckentempo eben immer situationsbedingt.

Man kann sich zum Beispiel nur schwer vorstellen, daß eine Kellnerin je zur Kategorie der schnellsten Tiere der Welt gehören wird. Sogar wenn man sich, um auf sich aufmerksam zu machen, selbst in Brand setzte, würde sie lediglich »Mehr Wasser für Tisch vier« brüllen und verschwinden.

Wie oft schon habe ich mir gewünscht, daß die Menschen einfach ehrlich wären. Könnte denn nicht jemand an den Tisch kommen und sagen: »Es tut uns leid, aber Roxies Schwester ist plötzlich krank geworden, und deshalb kann Roxie erst in zwei Wochen wieder bedienen.« Das könnte ich verkraften.

Ihr beschleunigter Schritt ist aber immer dann zu hören, wenn Sie sich mit Ihrer besten Freundin zum ausgedehnten gemütlichen Plausch beim Mittagessen verabredet haben, auf den Sie sich schon seit zwei Wochen freuen.

Die Bedienung erscheint an Ihrem Tisch, knallt Ihnen die Speisekarte vor die Nase und fragt: »Möchten Sie etwas trinken, oder wollen Sie gleich bestellen? Tagessuppe ist Minestrone.« Dabei klopft sie mit dem Bleistift ungeduldig auf ihren Block.

Nachdem wir beide bestellt haben, platzt meine Freundin heraus: »Du ahnst nicht, was mir passiert ist.«

Noch bevor sie den Satz zu Ende gesprochen hat, werden uns Getränke und Essen serviert. »Noch Kaffee?« werden wir gefragt und haben schon die Rechnung auf dem Tisch.

»Bestell du für uns noch Kaffee«, bitte ich meine Freundin. »Ich muß kurz verschwinden.«

Als ich zurückkomme, wechselt die Bedienung gerade das Tischtuch. Unser Mittagessen hat exakt acht Minuten gedauert. Aber auch wenn wir ausgiebig gekaut hätten, hätten wir nicht länger als zehn Minuten dort gesessen.

Eine weitere Spezies dieser Kategorie »Schrittmacher« sind, und das überrascht Sie jetzt vielleicht, Ärzte.

Ein Besuch beim Arzt läßt sich in ungefähr mit der Planung einer großen Urlaubsreise vergleichen. Man steht früh auf, um jeden Teil seines Körpers gründlich zu reinigen, Bodylotion und Puder aufzutragen, frische oder sogar neue Unterwäsche anzuziehen und sich im Geiste darauf vorzubereiten, vielleicht ein paar Minuten früher als bestellt in der Praxis zu sein.

Dann sitzt man mit einem halben Dutzend anderer Patienten im Wartezimmer und spielt das Was-der-wohl-hat-Spiel. Man sieht sich die Urkunden an der Wand eingehend an und versucht herauszufinden, wie alt der Arzt ist. Man vertieft sich in eine Ausgabe der Zeitschrift *People* aus dem Jahr 1983 und entdeckt dabei, daß alle, die damals verheiratet waren, inzwischen wieder geschieden sind. Schließlich ist man bei der *Fachzeitschrift für Darmkrankheiten* angelangt, aber da wird man auch schon aufgerufen. Die Wartezeit betrug schlappe fünfundsiebzig Minuten.

Im Untersuchungszimmer nimmt man auf einer kalten Liege Platz. Weitere fünfzehn Minuten vergehen. Irgendwann streckt die Sprechstundenhilfe den Kopf zur Tür herein und vertröstet. »Der Herr Doktor kommt gleich.«

Weitere lange Minuten vergehen, bevor »er« endlich eintritt.

Er fragt: »Wie geht es Ihnen?«

Man antwortet: »Ganz gut.«

Daraufhin er: »Nehmen Sie immer noch …?« und nennt die Namen aller Medikamente, die er früher verschrieben hat. Man bejaht.

Und er verabschiedet sich mit den Worten: »Dann sehen wir uns also in einem Monat wieder.«

Gesamtdauer: dreiundzwanzig Sekunden. Ich habe schon längere Gespräche mit dem Mann am Kassenhäuschen des Parkhauses geführt.

Manchmal kommt es mir vor, als befände sich die ganze Welt im Schnellvorlauf. Wir können es kaum erwarten, bis der Nagellack trocken und das Essen fertig ist. Das Geschlecht des Kindes müssen wir sofort nach der Empfängnis wissen.

Je länger ich darüber nachdenke, desto sympathischer wird mir das Faultier. Es schläft zwischen fünfzehn und achtzehn Stunden täglich, und es kann durchaus sein, daß es achtundvierzig Tage braucht, um eine Strecke von vier Meilen zurückzulegen. Meist entschlummert es friedlich auf einem Baum, wo es auch nach dem Tod hängenbleibt.

Aber es lebt länger als der Gepard.

Löwenmännchen leben in einem zwischen fünfzehn und hundertfünfzig Quadratmeilen großen Revier, in dem kein anderes Männchen zugelassen ist. Das Revier wird zu diesem Zweck markiert – eine Mischung aus Duftstoffen und Urin haftet an Büschen und Sträuchern und dient als unausgesprochene Warnung für alle Eindringlinge.

Wenn man zum ersten Mal den Raum betritt, in dem der Aerobic-Kurs stattfindet, springen einem zwei Dinge sofort ins Auge. Erstens befindet sich niemand im Raum, der Aerobic nötig hätte. Knappe, hochgeschnittene Höschen umspannen knackige Popos, hautenge Stretchanzüge schmiegen sich an feste, nicht vorhandene Bäuche an, schlanke weiße Ärmchen baumeln herunter wie Zigaretten.

Das zweite, was einem auffällt, ist, daß jeder einen »Platz« hat. Es sind zwar nirgendwo Begrenzungslinien oder Schilder zu sehen, es werden auch keine Berechtigungsscheine ausgegeben, aber jede Teilnehmerin marschiert zu ihrer Matte und ist bereit, sie mit ihrem Leben zu verteidigen.

Eigentlich wäre es mir nie in den Sinn gekommen, einen Aerobic-Kurs zu besuchen, hätte mein Sohn nicht eines Abends, während wir vor dem Fernseher saßen und uns die Olympischen Spiele anschauten, gemeint: »Guck mal, Mama, du hast Beine wie Dan Jansen.« Ich studierte den Eisschnelläufer, der just in diesem Moment mit vorgebeugtem Oberkörper über die Eispiste jagte, insbesondere seine Oberschenkel. Sie hätten sich als Stützbalken für eine Brücke gut gemacht. »Das läßt sich ändern«, antwortete ich. »Ich muß nur meine Muskeln etwas trainieren.«

Wäre meine Aerobic-Gruppe ein Schiff gewesen, es wäre wegen Schlagseite gesunken, noch bevor man hätte »Näher, mein Herr, zu dir« zu Ende singen können. Alle Teilnehmerinnen quetschten sich auf den freien Fleckchen in den beiden hinteren Reihen zusammen. Als ich sah, daß eine Matte unbelegt war, ließ ich mich darauf nieder. Im selben Augenblick wurde es totenstill.

»Was ist los?« erkundigte ich mich.

»Sie sitzen auf Helens Matte.«

»Wer ist Helen?«

»Die kommt gleich. Und sie wird nicht gerade begeistert sein, wenn Sie auf ihrer Matte liegen.«

»Und woher weiß man, daß das Helens Matte ist?«

»Passion.«

»Passion???«

»Elizabeth Taylors Passion. Meine Matte duftet nach Opium, Janes nach Eternity, Barbaras nach Nina Ricci.«

»Dann gehe ich eine Reihe vor.«

»Die Matte dort gehört Pat. Sie duftet zwar nur schwach, aber der Kaugummigeruch ist unverkennbar.«

Während ich herumirrte und nach einer nicht belegten Matte in den hinteren Reihen Ausschau hielt, traf Helen ein. Ich haßte sie. Sie hatte langes Haar, das mit einer Spange am Hinterkopf hochgesteckt war. Sie trug keine Unterwäsche unter ihrem hautengen Gymnastikanzug, dafür hatte sie ein Chiffontuch um den Hals geschlungen, das sie sich jetzt um die Taille knotete. Ich habe schon Haustiere gehabt, die größer waren als Helen.

Schließlich mußte ich mit einem Platz vorliebnehmen, den ich mir freiwillig nie ausgesucht hätte: in der ersten Reihe. So nahe am Spiegel ist die Cellulitis nicht mehr zu übersehen.

Drei Monate lang mußte ich dort ausharren, bis eines Tages Nancy (zweite Reihe, Tiffany's) nach St. Louis zog. Bald danach bekam Mabel (dritte Reihe, übermäßiger Schweißgeruch) einen neuen Job und wechselte in einen späteren Kurs über.

Eines Tages flüsterte mir Barbara im Umkleideraum ins Ohr: »Sag's bitte nicht weiter, aber wie's aussieht, wird demnächst ein Platz in der letzten Reihe frei.«

»Wer?«

»Doris (Coriendré) muß sich vielleicht am Rücken operieren lassen. Wenn sie zurückkommt, mußt du's auf eine Auseinandersetzung ankommen lassen, aber der Platz ist Spitze.«

»Das ist ja super.«

»Ich weiß.«

Vor ein paar Wochen legte eine Neue ihr Handtuch auf meine Matte.

Ich lächelte. »Das ist mein Platz.«

»Ich wußte gar nicht, daß die Plätze hier persönliches Eigentum sind«, gab sie zurück.

»Dann wissen Sie's jetzt.«

»Und wenn ich trotzdem hierbleibe?«

»Dann werden Sie gleich einen wunderschönen Tobsuchtsanfall erleben.«

Sie hob ihr Handtuch auf und setzte sich in Richtung erste Reihe in Bewegung. Sie wird schon noch lernen, daß es hier bestimmte, unumstößliche Regeln gibt. Schließlich hat das noch jede kapiert. Matte und Parkplatz vor dem Haus erhält man nach der altehrwürdigen Tradition: durch

Kampf. Es gibt einige wenige Frauen, deren Matten, nachdem sie den Kurs verlassen, Museumswert erlangen. Zu ihnen gehört auch Sandra O'Connor, die in meinem Kurs war. Als sie dem Ruf an den Obersten Gerichtshof nach Washington folgte, wurde ihre Matte in den Ruhestand versetzt.

Meine Matte wurde drei Jahre später pensioniert. Sie wurde zum Parkplatz umfunktioniert.

Meine Familie fand das Ganze furchtbar komisch, aber ich gab zu bedenken, daß wir alle unsere wie auch immer gearteten Territorialansprüche haben.

Wir sitzen immer in derselben Kirchenbank und beharren auf unserem »Platz« im Familienauto, ganz zu schweigen vom Familientisch.

Gebietsstreitigkeiten verursachen Weltkriege, weshalb es nicht sonderlich verwunderlich ist, daß Ehen ins Wanken geraten, wenn über die Bettseite verhandelt wird, auf der man liegen wird, solange man mit diesem Partner verheiratet ist.

Hier kann man eine der seltenen Situationen erleben, wo eine Ehe zwischen sehr verschiedenen Partnern wunderbar funktioniert. Ein Wandschläfer sollte niemals einen Wandschläfer heiraten. Wenn sich aber ein Wandschläfer einen Badezimmertür-Schläfer aussucht, ist das Glück zum Greifen nah.

Auf unserer Hochzeitsreise sagte ich: »Ich schlafe außen.«

»Spielt das für dich eine Rolle?« fragte er.

»Ja, weil nämlich meine Blase nicht größer ist als eine Linse.«

»Was ist eine Linse???«

»Linsen sind Hülsenfrüchte, aus denen man Suppe kocht. Ist damit alles klar?«

»Nein. Ich stehe nämlich häufig auf.«

»Warum?«

»Um mich zu vergewissern, ob die Tür abgeschlossen ist. Außerdem vergewissere ich mich gerne, ob ich das Licht am Auto ausgemacht habe. Und ob der Wasserhahn tropft. Dann sehe ich nach, ob ich nicht aus Versehen den Schlüssel von außen in der Tür habe stecken lassen. Ich huste viel, gehe dazu jedoch ins Bad und schließe die Tür, damit ich niemanden aufwecke.«

»Bei soviel nächtlichen Aktivitäten solltest du vielleicht tagsüber im Bett bleiben?« schlug ich sarkastisch vor.

»Vielleicht solltest du ab achtzehn Uhr einfach nichts mehr trinken?«

Ich setzte mich durch, damit war ich Sieger in unserer ersten Eheschlacht. Ich verfügte über das Erstnutzrecht für das Badezimmer und kontrollierte die Nachttischlampe. War ich müde, wurde das Licht ausgeschaltet. Damit war ich glücklich und zufrieden, bis unser erstes Kind geboren wurde, denn von dem Zeitpunkt an war mein Sieg nur noch ein schwacher Triumph. Unser Kind war ein Nachtmensch. Weil ich näher am Kinderbettchen war, mußte ich raus, wenn das Kind in der Nacht aufwachte. Wenn ich dann morgens fragte: »Warum bist du heute nacht nicht aufgestanden?«, antwortete mein Mann: »Ich habe nichts gehört.« Es ist erstaunlich, welchen Lärmschutz knappe zwanzig Zentimeter und eine über den Kopf gezogene Decke doch ausmachen.

Eines Tages kam ich nach Hause und fand »seinen« Wagen auf »meinem« Platz in der Garage. So etwas muß man sofort und ein für allemal klären, sonst gerät alles in Unordnung.

Ich marschierte in die Küche und verkündete: »Du parkst auf meinem Platz.«

»Deinem Platz! Seit wann ist das dein Platz?«

»Seit du mir dieses Wrack von einem Auto überlassen hast, das mehr Öl verliert als je in den ganzen Persischen Golf gelaufen ist. Und darum gehört dieser Ölfleck mir und sonst niemandem, verstanden?«

Am 17. Juni 1987 starb der letzte Dusky-Sperling in Titusville im Staate Florida. Er war der letzte seiner Art. Seit dem Jahr 1600 sind mehr als hundert Vogelarten und damit auch unzählige Unterarten ausgestorben.

Früher kamen sie in Scharen.

Sie warteten nur darauf, daß man ihr Revier betrat, und ließen einen nicht mehr in Ruhe, bis man das Weite suchte. Mitunter waren sie so lästig, daß man sie zum Teufel wünschte, aber zu ihrer Verteidigung sei gesagt, sie waren immer zur Stelle, wenn man sie brauchte.

Niemand hätte auch nur im Traum daran gedacht, daß es Verkäufer einmal nicht mehr geben würde. Sie wußten, wo die anderen Größen versteckt hingen oder lagen und welche Farben auf Lager vorrätig waren. Sie erboten sich, etwas zu bestellen, kümmerten sich um Reklamationen und warfen einen diskreten Blick in die Umkleidekabine, um einem ein weiteres Kleidungsstück hereinzureichen.

Aber dann wurden aus den Kundinnen Raubtiere und aus den Verkäuferinnen Gejagte. Wer jetzt noch eine erbeutete, ließ die Trophäe nicht so schnell wieder los.

Wir wandern durch die Gänge, den Blick starr auf gewölbte und flache Brüste gerichtet, auf der Suche nach Namensschildern. Einmal sprach ich einen jungen Mann an: »Gehören Sie zu den Büstenhaltern?« Woraufhin er voller Entrüstung antwortete: »Sehe ich vielleicht so aus?«

Je seltener die Spezies Verkäufer wurde, desto unverschämter wurde sie. Es konnte vorkommen, daß sie die Tür der Umkleidekabine hinter einem abschlossen. Eine Zeitlang litt ich deswegen unter dem sich wiederholenden Alptraum, daß man mich eines Tages dort vergessen hätte und ich, nachdem alle, Kunden und Angestellte, nach Hause gegangen waren, zwölf Stunden lang dazu verdammt wäre, meine Cellulitis im Spiegel zu studieren.

Was hat zum Aussterben der Verkäufer geführt? Die Technik. Im Fahrstuhl kann ein Mikrochip mit uns sprechen, Automaten servieren uns Getränke und belegte Brötchen, und wir dürfen uns jetzt ganz allein durch die Waren hindurchwühlen. Käme jemand auf die Idee, etwas mitzunehmen, ohne zu bezahlen, müßte er für den Rest seines Lebens mit einem häßlichen Plastikteil am Saum herumlaufen, das sich zudem darauf versteht, ständig Alarm auszulösen. Irgendwann begannen wir, uns in aller Öffentlichkeit auszuziehen, weil uns keiner den Weg zur Umkleide sagen konnte, und gaben uns immer häufiger Selbstgesprächen hin.

Aber Verkäufer und Verkäuferinnen waren nicht das einzige, was uns genommen wurde. Bankangestellte wurden durch automatische Schalter ersetzt, die Geld ausspucken, während man vor ihnen steht. Wir dürfen uns den Tank eigenhändig füllen und uns die Bücher in der Bibliothek alleine suchen.

Einer unserer Söhne wurde an einem einzigen Tag dreimal gefeuert. Die erste Stelle verlor er deshalb, weil er sich nur schwer dazu durchringen konnte, den Kunden zu erzählen, daß van Gogh auch auf Samt gemalt habe und daß ein Original lediglich 49,50 Dollar koste. Die zweite, weil er als Hotelangestellter die Wagen einer Hollywood-Abendgesellschaft einparken sollte, dabei aber leider die Schlüssel eines Wagens verlor. Bei seiner dritten Stelle als Kellner in einem mexikanischen Restaurant hat man ihn gefeuert, weil er einen Achtertisch fragte: »Kann ich Ihnen noch etwas bringen?« und darauf zu hören bekam: »Ja, die Karte.«

Wir versuchten, ihn mit der Rede über den amerikanischen Traum zu trösten.

»Du mußt eine sichere Arbeit finden. Ob sie dir Spaß macht, ist sekundär, wichtig ist allein die Sicherheit. Dort bleibst du dann die nächsten fünfundzwanzig Jahre, und am Ende kriegst du eine Uhr, und ein Student kriegt deine Stelle als Aushilfsjob.«

Unser Sohn klärte uns auf, daß sich die Dinge grundlegend geändert hätten. Es gäbe keine »sicheren« Arbeitsplätze mehr. Altbewährtes würde kurzerhand eliminiert: Zeitungsreporter, Fachärzte, Wall-Street-Anwälte, Mathematiker.

Würde Dustin Hoffman seine Reifeprüfung heute ablegen, ließe sich die Empfehlung für seinen weiteren Lebensweg in einem Wort zusammenfassen: »Beerdigungsinstitutsdirektor«. Ich weiß, daß man damit nicht viel Staat machen kann, aber nichtsdestotrotz, der Job hat Zukunft.

Den Langzeitprognosen unserer Regierung zufolge werden im Jahr 2005 zwei Millionen vierhunderttausend Menschen sterben und im Jahr 2025 gar drei Millionen einhunderttausend.

Ich nahm meinen Sohn zur Seite und gab ihm einen guten Rat: »Pizza-Service. Amerikaner sind viel zu faul, um sich ihre Pizza selber zu holen. Glaub mir, ich weiß, wovon ich rede.«

Diese Welt wird immer verrückter. Vor kurzem rief ich meine beste Freundin an, legte den Hörer kurz aus der Hand, um einen Topf vom Herd zu nehmen, nahm den

Hörer wieder auf, um ihr zu erzählen, was ich am Morgen in den Stadtnachrichten gehört hatte: die Geschichte dieser Frau, die Waren im Wert von Tausenden von Dollar bestellt hatte, nur um ihren Exmann, den Paketzusteller, wiederzusehen. Ob das wahre Liebe ist? Nachdem ich ungefähr zwanzig Minuten auf sie eingeredet und sie mich kein einziges Mal unterbrochen hatte, dämmerte mir, daß ich mit ihrem Anrufbeantworter sprach.

Es vergeht kein Tag, an dem nicht eine weitere menschliche Spezies auf die Liste der gefährdeten Arten kommt. Aber die Verkäuferin fehlt mir am meisten. Eines Tages wird man ihr ein Denkmal errichten; mit einem Plastikschild auf der Brust, bequemen Schuhen und dem Schlüssel für die Glasvitrine an der Hüfte wird sie auf einem Sockel stehen, auf dem man die vier kleinen Worte lesen wird, die bei den meisten Betrachtern jedoch keine Erinnerung mehr wachrufen werden: »Kann ich Ihnen helfen?«

Die amerikanische Telefongesellschaft AT&T hat das Tierreich unter Vertrag genommen. Bald trägt jede Kreatur, die man mit einem Pfeil erreichen und fünf Minuten lang sedieren kann, ein Halsband mit Piepser, anhand dessen die Aktivitäten der Tiere nachgewiesen werden können. Im Nacken der Drossel sitzt ein winziger Sender, mit dem sie jederzeit aufzuspüren ist. Sogar Schmetterlinge sind mit Sendern ausgestattet, die Auskunft über ihren Verbleib geben. Tiere können laufen, schwimmen oder fliegen ... aber verstecken können sie sich nicht mehr.

Ich höre einen Summton. Ist es das Handy? Das schnurlose Telefon? Das Faxgerät? Der Piepser? Die Zeituhr an meinem Herd, die mir sagen möchte, daß mein Kuchen fertig ist?

Es ist unmöglich, im zwanzigsten Jahrhundert zu leben und nicht zu jeder Tages- und Nachtzeit erreichbar zu sein. Das erinnert mich daran, wie ich früher meine Kinder gerufen habe. Sie sind aus dem Keller eines Freundes, wo sie gespielt hatten, nach oben gerannt, über zwei Zäune gesprungen, den Autos auf der Straße ausgewichen, durch die Rasensprenkleranlage gelaufen, erschienen schließlich an der Hintertür und fragten atemlos: »Was ist los?« Und ich gab zur Antwort: »Nichts. Ich wollte nur sehen, wo ihr seid.«

Falls es Sie interessiert, welche Ausmaße diese Art der Kommunikation angenommen hat, empfehle ich Ihnen folgende Geschichte. Eine Frau in Idaho wollte ihre Tochter anrufen. Sie schaltete den Ton ihres Fernsehgeräts ab und wählte die Nummer. Nichts. Sie ärgerte sich. Daß ihre Tochter zu Hause war, wußte sie bestimmt. Warum um alles in der Welt ging sie nicht ans Telefon? Während sie noch einmal wählte, bemerkte sie, daß ihr Fernsehgerät anfing zu spinnen. Jetzt kann ich auch gleich noch den Fernsehmechaniker anrufen, dachte sie und knallte das Gerät, das sie in der Hand hielt, auf den Tisch. Erst in dem Moment wurde ihr plötzlich klar, warum die Tochter nicht ans Telefon ging. Sie hatte die Telefonnummer auf der Fernbedienung eingegeben.

Mein Mann und ich haben uns lange gegen einen Anrufbeantworter gewehrt. So ein Gerät schien ein ungeheurer Schritt für zwei Menschen, die immer noch Kohlepapier benutzen und eine Schreibmaschine, auf deren Tastatur Spuren von Tipp-Ex zu erkennen sind.

Als mein Mann den Apparat nach Hause brachte, starrten wir ihn wahrscheinlich ebenso ehrfurchtsvoll an wie einst die Höhlenbewohner den ersten Feuerfunken. Vorsichtig näherten wir uns dem unbekannten Objekt, voller Angst, was ein leichter Knopfdruck auslösen konnte, wagten wir nicht, es zu berühren.

»Wir müssen eine Ansage draufsprechen«, sagte mein Mann leise.

Mir gefror das Blut in den Adern. Ich dachte an die Ansagen anderer Leute, die ich gehört hatte, die waren alle so originell und klangen so fröhlich. Wieso waren plötzlich alle, nur weil sie nicht zu Hause waren, so umwerfend komisch?

Ich hatte gehört: »Hallo. Ich bin nicht da, denn ich erklimme gerade die Erfolgsleiter, aber wenn Sie Ihren

Namen hinterlassen – wenn Sie einen Namen haben –, rufe ich Sie gern zurück.«

Eine andere Freundin erschreckte die Anrufer mit folgender Ansage: »Hinterlassen Sie eine Nachricht. Wenn Sie's nicht tun, werden Sie es Ihr Lebtag bereuen. Vielleicht nicht heute oder morgen, aber wenn ich Sie wäre, würde ich von nun an den Hörer neben die Gabel legen.«

Als ich mich eines Tages verwählte, hatte ich eine Stimme am Apparat, die einen bekannten Fernsehjournalisten nachahmte: »Mr. Whirley ist nicht zu Hause, wir bitten Sie deshalb, noch einmal anzurufen. Oder nennen Sie laut und deutlich Ihren Namen und den Grund Ihres Anrufs.«

Jedesmal, wenn ich einen unserer Söhne anrief und er nicht zu Hause war, wußte ich, daß ich Jahre meines Lebens drangeben mußte, um das Ende der Ansage abzuwarten und etwas auf Band zu sprechen. Denn bevor mein Sohn das Band besprach, atmete er tief und kunstvoll ein, um dann mit ganz ungewohnter Baritonstimme zu verkünden: »Sie haben das Büro Bernstein, Weinstein, Bombeck und Springsteen erreicht. Wenn Sie wegen einer Körperverletzungsangelegenheit anrufen, drücken Sie die 1, wenn Sie klagen wollen die 2, wenn es sich um einen Notfall handelt die 3.« Nachdem ich mir die ganze Litanei angehört hatte, hatte ich den Grund meines Anrufs meist längst vergessen.

»Du hast das Ding gekauft«, entschied ich, »und deshalb mußt du auch die Ansage draufsprechen. Ich will damit nichts zu tun haben. Da kannst du sagen, was du willst, ich halte mich raus.«

Er nahm sich ein Stück Papier und fing an zu kritzeln: »Wir sind im Moment nicht zu Hause …«

»Das weiß doch sowieso jeder«, unterbrach ich ihn. »Wenn der, der anruft, auch nur halbwegs intelligent ist, weiß er, daß niemand zu Hause ist, wenn sich das Band einschaltet. Das ist also ganz und gar überflüssig.«

»Ich dachte, du wolltest dich da raushalten«, sagte er.

»Genau, stimmt. Es ist dein Apparat. Du gibst hier den Ton an. Ich bin ein Relikt aus der Vergangenheit.«

»Leider können wir Ihren Anruf nicht persönlich entgegennehmen«, setzte er wieder an, »weil wir nicht zu Hause oder aber nicht am Schreibtisch sind.«

»Das geht doch niemanden etwas an«, tadelte ich ihn, »oder willst du ihnen vielleicht auch noch verraten, daß wir auf dem Klo sitzen oder uns die letzten Minuten eines Baseballspiels im Fernsehen ansehen?«

Er fing noch einmal von vorne an. »Sie haben die Nummer von Erma und Bill gewählt. Wenn Sie nach dem Pfeifton Ihren Namen und Ihre Nummer hinterlassen, rufen wir Sie gern zurück.«

»Das gilt aber nur für dich«, wandte ich ein. »Es gibt Leute, mit denen will ich nicht sprechen.«

»Dann rufst du sie einfach nicht zurück.«

»Obwohl du es ihnen versprochen hast?«

Als wir zum erstenmal bei eingeschaltetem Anrufbeantworter zu Abend aßen, klingelte prompt das Telefon. »Du brauchst nicht ranzugehen«, beruhigte mich mein Mann. »Der Anrufbeantworter ist an.«

Schweigend und ohne zu kauen lauschten wir den sechs Klingelzeichen, bevor sich der Apparat einschaltete.

»Super«, meinte ich. »Jetzt können wir endlich ungestört essen. Außerdem brauchen wir nicht mehr zum Telefon zu rasen aus Angst, der Anrufer könnte auflegen, bevor wir abnehmen. Einfach wunderbar.«

»Hab' ich dir ja gesagt. Wir hätten uns schon längst einen anschaffen sollen.«

Schweigend aßen wir weiter.

»Was meinst du, wer das war?« fragte ich plötzlich. »Jeder weiß doch, daß wir um sechs essen.«

»Könnte ein Ferngespräch gewesen sein«, antwortete er.

»Könnte auch die Polizei gewesen sein, weil wir jemanden identifizieren sollen.«

Wir ließen unser warmes Essen stehen und liefen gemeinsam zum Anrufbeantworter, um die Wiedergabetaste zu drücken. Es war eine Frau, die sich erkundigte, ob wir die Garantie für unsere Mikrowelle verlängern wollten.

»Du hast gesagt, du rufst zurück«, brummte ich auf dem Weg zurück zum Tisch.

Selbst wenn wir per Telefon nicht zu erreichen sind, per Fax sind wir's jederzeit. Schnell und sicher ersetzt es die menschliche Stimme. Beim Singletreff sagt man heutzutage nicht mehr »Hallo, ich bin Bambi. Wie heißt du und was ist dein Sternzeichen?« sondern »Wie lautet deine Faxnummer?«

Während eines Klassentreffens, bei dem die ehemalige Miss Montana wie eine Königin Hof hielt, verriet sie ihren früheren Mitschülern, wie sehr sie sich noch ein Kind gewünscht habe, um das leere Nest zu füllen, ihr Mann sei jedoch dagegen gewesen.

Man fragte, wie sie es dennoch geschafft habe, ihren Mann zu überreden. Sie lächelte hintergründig und antwortete: »Nichts leichter als das. Nachdem wir das Bidet im Bad gegen ein Faxgerät ausgewechselt haben, war er plötzlich immer zu Hause.«

Wir zögerten lange, uns noch eine weitere technische Neuerung in unser Haus zu stellen, das im alten Büromaschinenstil eingerichtet ist, aber dann lasen wir, daß an jüdischen Feiertagen mehr als zehntausend an den Himmel gerichtete Faxe an die Klagemauer nach Jerusalem geschickt werden. Deren Inhalt erstreckte sich von Bitten um

Glückszahlen für die Lotterie bis hin zu »Ich bin evangelisch, aber ich nehme gerne jede Hilfe an«.

Da sagte ich mir, wenn sogar Gott selbst ein Fax hat, mußte doch etwas dran sein.

Mein erstes Fax ging an den Journalisten Art Buchwald, der mich andauernd damit aufzog, daß ich seiner Meinung nach im zwölften Jahrhundert lebe. Der Text war gut; er lautete: »Mr. Buchwald, ich erbitte Ihren Besuch. Ich brauche Sie. Thomas Edison Bombeck.«

Da wir keine Antwort erhielten, riefen wir seine Sekretärin an, die uns darauf hinwies, daß das Gerät eingeschaltet sein müsse. Wieder nichts. Dann Papierstau. Wir versuchten es noch einmal. Nach zwölf Telefonaten erhielten wir einen Eilbrief von Art, in dem es hieß: »Sie sind nicht fax-tüchtig, aber Sie brauchen sich deswegen nicht zu schämen. Auch Shakespeare hatte kein Faxgerät.« Er meinte, er wolle es in ungefähr einem Monat noch einmal versuchen, bis dahin hätten wir uns bestimmt mit dem Gerät vertraut gemacht.

Einen Monat später hörten wir ein Piepsen und Rattern, aber sonst kam nichts aus dem Gerät heraus. Art rief mich an und erklärte, er wolle nicht noch einmal neunhundertdreißig Dollar vergeuden, um mir eine Nachricht zu schicken. »Müssen Sie vielleicht erst Münzen in Ihr Gerät stecken?«

Ich bat ihn, es noch einmal zu versuchen.

Statt dessen rief er an und meinte: »Sie sind wirklich zu bedauern. Was wäre, wenn Ed McMahon Ihnen faxen wollte, daß Sie in der Glücksspirale gewonnen haben?«

Ich erklärte ihm, daß Ed McMahon niemals faxt. Er kommt vielmehr in Begleitung eines ganzen Kamerateams persönlich an die Haustür, um dem glücklichen Gewinner den Scheck zu überreichen.

»Wenn wir schon miteinander reden, warum sagen Sie mir dann nicht, was Sie mir faxen wollten?«

Darauf antwortete er: »Ich wollte folgendes faxen: ›Wenn Sie dieses Fax erhalten, schicken Sie mir bitte sechs signierte Exemplare Ihres neuen Buches. Sollten Sie das Fax nicht erhalten, kaufen wir statt dessen sechs Exemplare von Geraldo Riveras neuem Buch.‹«

Der letzte Schrei jedoch sind Piepser; sie sind sozusagen der Designerschmuck der neunziger Jahre. Ich trage mein Gerät seit drei Jahren mit mir herum und habe in dieser Zeit drei Nachrichten erhalten: zweimal wurden Nummern von Drogenhändlern hinterlassen, und einmal wurde ich aufgefordert, die Batterie des Piepsers auszuwecheln.

Ich kann mir nicht vorstellen, wer uns auf diesen vielen Geräten, die keinen Aufschub dulden, anrufen sollte. Etwa Robert Redford, der kurz mitteilen will, daß er sich leider zum Abendessen verspäten wird? Oder der Präsident, weil er unseren Rat in Sachen Gesundheitsreform einholen möchte?

Es ist vermutlich nur eine Frage der Zeit, bis wir von der ersten Piepser-Transplantation am Menschen lesen. Dann werden wir ja sehen, wie die Drossel darauf reagiert.

Tierverhaltensforscher stimmen darin überein, daß das dümmste Tier, das auf unserer Erde wandelt (vor allem am Thanksgiving-Tag, dem vierten Donnerstag im November), der Truthahn ist. Lieber friert er, bevor er sich im Stall aufwärmt, und er würde verhungern, wenn man nicht alle Überredungskünste aufböte, ihn zum Fressen zu bringen.

Ein weiteres Tier, das mit Sicherheit einen der niedrigsten Intelligenzquotienten hat, ist der Goldhase, ein südamerikanisches Nagetier. Man hat ihn dabei beobachtet, wie er eine Süßkartoffel ausgrub und dann in der beschriebenen Reihenfolge folgendes tat: a) er schälte die Kartoffel, b) er aß die Kartoffel, c) er aß die Kartoffelschalen.

Aber auch der Homo sapiens gehört bestimmt zu den fünf Lebewesen, die am wenigsten auf der Pfanne haben.

In den siebziger Jahren gründete eine meiner Freundinnen einen Verein für unglaubliche, jeder Beschreibung spottende Dummheit, kurz UJBSD. Es gab keine Treffen, auch Beiträge waren nicht zu entrichten, es gab lediglich eine Trophäe, die meine Freundin auf dem Flohmarkt erstanden hatte. Dabei handelte es sich um eine kleine Figur, einen Mann mit Lendenschurz und einer Keule in der Hand. Diese Figur war ein Wanderpreis und wurde jeweils der Person verliehen, die sich dazu bekannte, Mist gebaut zu haben.

Sie hatte schon viele Besitzer. Darunter einen Freund, der im Urlaub fünfzehn Filme verknipst, dabei aber vergessen hatte, den Deckel vor der Linse abzunehmen. Auch mein Mann konnte sich eine Zeitlang dieser Trophäe rühmen. Er brachte es fertig, seinem Reisepaß eine Taxifahrt zu spendieren, denn er hatte ihn auf dem Fernsehapparat in unserem Londoner Hotel liegenlassen; die Taxifahrt des Passes vom Hotel zum Flughafen kostete uns vierzig Dollar.

Ich weiß nicht mehr, warum er die Figur überhaupt zurückgeschickt hat, aber sie kam zerbrochen wieder, und er bekam den Preis gleich noch einmal, weil er so dumm gewesen war, die Figur in einer Jiffy-Tüte zu verschicken.

Meine Mutter hätte diesen Preis verdient, weil sie dreitausend Dollar für einen batteriebetriebenen Rollstuhl bezahlt hatte, mit dem mein Vater im Haus herumfahren sollte, und erst im nachhinein feststellte, daß er damit nicht durch die Tür kam. Sie erhielt den Preis aber erst, nachdem sie den Rollstuhl für ganze tausend Dollar weiterverkaufte. Das hatte dem Faß den Boden ausgeschlagen.

Daß ich mir das kochende Wasser aus dem Spaghettitopf über den Bauch schüttete, reichte nicht aus, um den Preis zu bekommen, aber daß ich das Mißgeschick meiner Mutter erzählte, sicherte ihn mir für längere Zeit.

Wir Menschen beherrschen die Kunst des Lächerlichen. Ich las in der Zeitung, daß ein Mann in die Zunge gebissen worden war, als er eine Klapperschlange küßte. Daraufhin beschloß er, eine bislang wissenschaftlich noch nicht erprobte Roßkur anzuwenden, von der er einmal zufällig gehört hatte. Um die Lähmung seiner Zunge zu beheben, steckte er sich das Starthilfekabel einer LKW-Batterie in den Mund. Er ging bewußtlos zu Boden und mußte ins Krankenhaus gebracht werden, wo man ihm einen Teil der Zunge und eine Lippe amputierte.

An anderer Stelle war von einem Angebot der Königlichen Holländischen Fluggesellschaft KLM zu lesen, dem wirklich nur schwer zu widerstehen war. Für achtzig Dollar konnte man eines ihrer Flugzeuge besteigen und fliegen, wohin das Flugzeug eben gerade flog, um dann, ohne die Maschine auch nur zu verlassen, schnurstracks wieder zum Ausgangspunkt zurückzufliegen. Der verantwortliche Marketingmann der Gesellschaft stand offenbar unter Drogen, als er sich diesen Gag ausdachte.

Verbrecher sind absolute Spitzenleute des Nonsens. Man kann gar nicht so schnell so viele Gefängnisse bauen, wie man bräuchte, um alle einzusperren, die »einen Plan ausgeheckt haben«. Ein Mann raubte einen Tankstellenshop aus, bemerkte jedoch erst beim Verlassen desselben, daß er kein Fluchtauto dabei hatte. Aus diesem Grund nahm er sich das erstbeste Auto vor der Tür … leider war es ein Polizeiauto, an dessen Steuer ein Polizist saß.

Ein anderer Gangster drang in die Wohnung einer hilflosen alten Frau ein, fesselte sie und stapelte alle schweren Möbelstücke, die er wegzuschaffen gedachte, an der Tür. Dabei bemerkte er einige Tabletten, die auf dem Nachttisch lagen, und weil er diese für Aufputschpillen hielt, schluckte er gleich ein paar davon. Es handelte sich allerdings um Beruhigungstabletten. Er wurde von Müdigkeit übermannt, schlief ein und wurde erst von der Polizei wachgerüttelt.

Wenn ich ihre Namen wüßte, würde ich den UJBSD-Wanderpreis den zwei Typen verleihen, die versucht haben, in die Strafanstalt von Ohio einzubrechen. Als die Wachen Warnschüsse abgaben, schossen sie zurück. Sie wollten hinein und versuchten, die Mauer mit Hilfe einer Strickleiter zu erklimmen. Die Wachen konnten die beiden schließlich doch noch vertreiben. Was hatten die zwei bloß im

Sinn? Dachten sie, daß drinnen eine Party stattfand, zu der sie aus Versehen nicht eingeladen worden waren?

Der UJBSD-Preis für besondere Verdienste aber müßte an den Einbrecher gehen, der im Kamin eines Pfandhauses stecken blieb und dort bei Temperaturen unter Null ausharren mußte, bis die Polizei ihn befreite.

Er weigerte sich zu sagen, was er dort zu schaffen hatte, aber wenn er klug gewesen wäre, hätte er vorher besser mal an den Treffen der Weight Watchers teilgenommen.

Die Automatisierung ist der Intelligenzförderung auch nicht gerade zuträglich. Kinder, die mit dem Computer geboren werden, befinden sich uns gegenüber entschieden im Vorteil, die wir uns abmühen und trotzdem vor Computern k. o. gehen, die wir softwaregeschädigt sind und schon bei dem bloßen Gedanken, uns in den Informationsdschungel der Datenautobahn einzuordnen, vor Schreck am Steuer erstarren.

Ich erinnere mich noch an die Zeit, als die erste vollautomatische Stadtbahn zum Flughafen von Atlanta fuhr. Die Bahn fuhr heran, kam zum Stehen, automatisch öffneten sich die Türen, und fünfundsiebzig Menschen drängten eilig hinein, um nicht durch die sich ebenfalls automatisch schließenden Türen zu Tode gequetscht zu werden.

Drinnen ertönte dann eine gedämpfte Stimme, deren Stimmbänder wie frisch operiert klangen; sie bat mich, von der Tür zurückzutreten und auf meine Haltestelle zu warten. Der Gedanke, daß ich für den Rest meines Lebens in der Stadtbahn von Atlanta eingeschlossen sein könnte, versetzte mich in Panik.

Bei einem Rückflug von Kalifornien nach Hause suchte ich eine Flughafentoilette auf.

Während ich mich in dem winzigen rechteckigen Kabäuschen nach Kräften bemühte, meinen Overall im

Griff zu behalten, damit er keine Bodenberührung kriegte, fiel mir mein Gürtel in die Toilettenschüssel. Noch bevor ich die Hand danach ausstrecken konnte, hatte die automatische Spülung schon dafür gesorgt, daß er auf Nimmerwiedersehen in den Kanälen von San José verschwand.

Ich versuchte, den Verlust zu verschmerzen – der Gürtel war wirklich schön und teuer gewesen –, trat hinaus und hielt meine Hände unter den automatischen Wasserhahn. Als ich nach einem Papierhandtuch griff, das sich in einem Behälter an der Wand befand, sah ich aus den Augenwinkeln, wie meine Handtasche ins Waschbecken plumpste und einen erneuten Wasserstrahl auslöste. Leider ist ihr die Dusche gar nicht bekommen.

Irgendwann, dessen bin ich mir sicher, wird mich die Automatisierung umbringen. Ich weiß zwar nicht, wann und wo, aber daß es so sein wird, daran hege ich keinen Zweifel. Eine automatische Fahrstuhltür wird mich zerquetschen. Ein automatischer Sicherheitsgurt wird meinen Oberkörper strangulieren und mir die Luft abschnüren. Eine sprechende Waage wird mein Selbstwertgefühl restlos zerstören und mich schnurstracks in ein Irrenhaus befördern.

Viele Menschen sind in der glücklichen Lage, ihre Tage mehr oder weniger gut hinter sich zu bringen, aber eine Reihe von Tieren sind unter einem sehr viel weniger guten Stern geboren. Denken Sie nur an die Stinktiere. Sie fallen in großer Zahl den Autos zum Opfer, denn statt beim Herannahen eines Fahrzeugs das Weite zu suchen, behaupten sie ihren Platz und verteidigen sich mit ihrer besten Waffe: Sie öffnen ihre Stinkdrüsen und spritzen das widerlich riechende Sekret aus. Im Kampf gegen das Auto ist das jedoch vollkommen wirkungslos.

Ich habe den UJBSD-Wanderpreis übrigens seit dem

letzten Thanksgiving-Essen. Ich briet wie immer einen Truthahn – bekanntlich das dümmste Tier im ganzen Tierreich –, doch als ich ihn auf den Tisch brachte, war er erschreckend bleich. Dummerweise hatte ich das Preisschild für die Gewichtsangabe gehalten und deshalb die Bratautomatik viel zu kurz eingestellt. Das hat man nun von Sonderangeboten!

Die Direktion des Zoos im Central Park von New York gab fünfundzwanzigtausend Dollar für einen Verhaltenstherapeuten aus, um einen Polarbären namens Gus wegen Langeweile zu behandeln. Sein Zustand wirkte sich weder negativ auf das Freß- und Schlafverhalten noch auf den sexuellen Appetit des Tieres aus, Gus schwamm nur jeden Tag immer wieder monoton die gleichen Runden. Um diese Apathie zu reduzieren und mehr Freude in sein Leben zu bringen, gab ihm der Tierpsychologe einen mit Erdnußbutter bestrichenen Wasserball, den er ablecken konnte.

Die gelangweilte Hausfrau, die allein zu Hause ist, kennt diese Tröster in Form von Nahrung nur allzu gut. Aber erst wenn ihr Hinterteil in seinen Ausmaßen dem eines kleineren Elefanten gleicht, erkennt sie, daß Erdnußbutter, von was auch immer zu lecken, doch nicht das Gelbe vom Ei ist.

Seit gut einem Jahrzehnt hat die Hausfrau noch eine andere Möglichkeit, sich die Langeweile zu vertreiben: Fernsehen. Und zwar nicht die albernen Spielshows oder die x-te Wiederholung einer Seifenoper, nein, inzwischen gibt es Talkshows.

Das sind die Leerkalorien für den Kopf. Sie haben keinen wie auch immer gearteten Nährwert. Dennoch scheinen sie ein Bedürfnis zu befriedigen.

In den USA werden derzeit etwa fünfzig Talkshows ausgestrahlt. An jedem x-beliebigen Tag bekommt man die Geschichten von Bisexuellen serviert, die sich in das Mädchen UND den Jungen von nebenan verliebt haben, Transvestiten, die sich darüber beklagen, daß sie keine Damenmäntel mit ausreichend langen Ärmeln finden, und Frauen, die noch *nicht* mit ihrem Gärtner geschlafen haben.

Wir leben im Jahrzehnt der Kuriositäten. Großmütter, die sich an die Freunde ihrer Enkelinnen heranmachen ... polnische Turnerinnen mit Gewichtsproblemen ... und Ehepaare, die beide als Prostituierte arbeiten, weil sie da gut verdienen und jeden Tag ausschlafen können.

Jahrelang sah man in Talkshows berühmte Persönlichkeiten aus Film und Fernsehen, die über ihre Karriere und ihren letzten Film befragt wurden.

Aber das Publikum wollte mehr wissen.

In jüngster Zeit verläuft das Vorinterview mit einem Superstar folgendermaßen.

»Also, unsere Zuschauer würden natürlich gern erfahren, was es interessantes Neues in Ihrem Leben gibt.«

»Nun ja, ich habe eben einen Film beendet.«

»Das ist ja großartig. Aber nun würde ich gerne wissen, ob Sie als Kind von Ihrer Mutter oder von Ihrem Vater sexuell mißbraucht wurden.«

»Nein, nicht, daß ich mich erinnern ...«

»Hat man nie eine brennende Zigarette auf Ihrer Haut ausgedrückt oder Sie in einen Schrank gesperrt?«

»Um Gottes willen, nein.«

»Machen Sie mir eine Freude! Gestehen Sie, daß Sie in der Betty-Ford-Klinik waren.«

»Nein.«

»Schreiben Ihre Kinder ein Enthüllungsbuch über Sie?«

»Aber nein.«

»Sie machen es mir wirklich schwer. Sie leiden nicht zufällig an einer tödlichen Krankheit, die wir ausschlachten könnten?«

»Nicht, daß ich wüßte.«

»Eine Pilzinfektion ... irgendwas! Vielleicht hat Sie jemand auf einen Millionenbetrag verklagt, wodurch Sie verarmen könnten?«

»Auch nicht.«

»Ich hab's! Ihre Frau ist mit einem sechzehnjährigen Halbstarken durchgebrannt.«

»Nein.«

»Also«, erklärt der Verantwortliche für die Talkshow, »ich will ganz offen sein. Wenn wir Sie mit dem, was Sie zu bieten haben, als Gast unserer Talkshow vorstellen, schlafen die Leute zu Hause vor dem Gerät spätestens nach fünf Minuten ein. Rufen Sie in meinem Büro an, wenn Sie mit etwas Interessanterem aufwarten können.«

Der Reiz solcher Talkshows ist nicht schwer zu erklären. Vielleicht haben Sie Ihre Arbeit verloren, sind von Ihrem Mann verlassen worden, möglicherweise hat Ihnen Ihre Versicherung gekündigt und Ihre sechsundzwanzigjährige geschiedene Tochter ist mit den zwei Kindern bei Ihnen eingezogen, aber dann sind Sie immer noch nicht halb so schlimm dran wie die Frau in einer Talkshow von Oprah, deren Mann mit ihrer Schwester und ihrer Mutter ins Bett ging und sie schließlich alle drei schwängerte.

Es ist mir ein Rätsel, wo das Fernsehen all diese grotesken Schicksale auftut und aus welchem Grund diese Leute ihre Geschichte im Fernsehen erzählen wollen. Von den Talkmastern hört man immer das gleiche: »Wenn Sie es sich von der Seele geredet haben, werden Sie sich besser fühlen.« Oprah sagt es, genauso Phil und Sally und Geraldo, Jenny, Montel, Mary, Vicki, Ricki und wie sie alle heißen. Ich frage mich, wie viele gestörte Menschen es gibt. Ist der Vorrat bald ausgeschöpft? Oder ist der Tag nicht mehr fern, an dem wir gebannt vor unseren Bildschirmen sitzen und Maury Povich lauschen, die einem Mädchen das Geständnis entlockt, am Tag ihres Tanzstundenabschlußballs einen Pickel bekommen zu haben und mit diesem Schicksalsschlag ganz allein fertig werden zu müssen.

Sollte der Homo sapiens jemals die Tiersprache beherrschen lernen, würden Talkshows über eine unerschöpfliche Quelle für groteskes Verhalten aus dem Tierreich verfügen.

Oprah: »Verehrte Zuschauer, was Sie heute über gewalttätigen Sex hören, ist bizarrer als alles andere seit Lorena Bobbitt. Sie erinnern sich, verehrte Zuschauer, das war die Frau, die ihrem bösen Mann den Penis abgeschnitten hat. Nun, heute möchte ich Ihnen das Seeotterweibchen vorstellen. (Applaus, Applaus.) Erzählen Sie uns doch bitte ein wenig über Ihre Romanze.«

Seeotterweibchen: »Na ja, Romanze ist wohl etwas übertrieben. Dieser Typ, den ich noch nie vorher im Leben gesehen hatte, packte mich von hinten und grub seine Zähne in meinen Kopf, in Nacken, Nase und Oberkiefer. Meine Nase hat sehr darunter gelitten. Er drückte mir den Kopf unter Wasser, bis ich zu ersticken glaubte. Ich bekam kaum noch Luft.« (Fängt an zu weinen.)

Oprah: »Wir fühlen mit Ihnen. Wie lange hat dieser brutale Akt gedauert?«

Otter: »Das Ganze dauerte etwa zwanzig Minuten, dann verschwand er.«

Oprah: »Er hat Sie also geschwängert und sich dann aus dem Staub gemacht.«

Otter: »Das tun die immer.«

Oprah: »Sie sind also zu einer alleinerziehenden Mutter geworden. Wie erging es Ihnen dabei?«

Otter: »Eigentlich ganz gut. Dieser Kerl war alles andere als ein erfreuliches Abenteuer. Dem weine ich bestimmt keine Träne nach. Das schlimmste ist, daß ich für immer entstellt bin.« (Nahaufnahme der entstellten Nase.)

Oprah: »Sind Sie deswegen gehemmt?«

Otter: »Aber natürlich, denn überall, wo ich hinkomme, sehen mich die Leute an und singen im Chor: ›Wir wissen, was du getrieben hast.‹«

Oprah (blickt direkt in die Kamera): »Sie, liebe Zuschauer, erfahren gleich noch mehr. Wir setzen unser Programm nach einer kurzen Werbeunterbrechung fort.«

Sally Jessy Raphael: »Wenn Sie, liebe Zuschauer, bisher geglaubt haben, daß sich Vögel lebenslänglich monogam verhalten, dann sind Sie auf dem Holzweg. Wir präsentieren Ihnen heute abend eine Gesprächsrunde, für die das Wort ›monogam‹ ein absolutes Fremdwort ist. Ich halte es nicht für übertrieben, die Gesprächsteilnehmer allesamt als ›Wiederholungstriebtäter‹ zu bezeichnen. Als erstes möchte ich Ihnen die Rauchschwalbe mit ihrer vierzigprozentigen Seitensprungrate vorstellen.«

Rauchschwalbe: »Danke schön.«

Sally: »Als nächstes einen Löwen, der – wie soll ich es sagen –, der nicht sehr wählerisch in der Auswahl seiner Partnerinnen ist, mit denen er sich bis zu sechsundachtzigmal am Tag paart. Ist das richtig?«

Löwe: »Ich habe nicht mitgezählt.«

Sally: »Und dann eine nordamerikanische Vipernatter, die sich mit ungefähr einhundert ihrer Kumpel auf ein einziges Vipernatterweibchen gestürzt hat.«

Vipernattermännchen: »Stimmt.«

Sally (nimmt ihre Brille ab): »Kann man sagen, daß Sie ein Transvestit sind?«

Vipernatter: »Manchmal.«

Sally (lächelt): »Was Tiere für aufregenden Sex tun, wird auch Sie in Erstaunen versetzen. Neben mir sitzt die männliche Krabbenspinne. Bitte erzählen Sie unseren Zuschauern von Ihrem ersten Zusammensein mit einer Frau.«

Krabbenspinne: »Nun, vorweg ist zu sagen, daß bei uns das Weibchen viel größer ist als wir und daß sie, sobald wir uns ihr nähern, anfängt, unseren Kopf abzubeißen.«

Sally: »Sie scherzen.«

Krabbenspinne: »Keineswegs. Sie beginnt tatsächlich, unseren Kopf abzubeißen.«

Sally: »Aber wie können Sie dann ...?«

Krabbenspinne: »Sie läßt den Rest unseres Körpers unversehrt, so daß der Samen ungehindert austreten und sie befruchten kann.«

Sally: »Gibt es irgendeine Möglichkeit, diesen brutalen Übergriff zu verhindern?«

Krabbenspinne: »Manche Männchen besorgen eine leckere Mahlzeit, wie man so sagt. Wir lenken sie mit dem Fressen ab – auf diese Weise ist sie mit etwas anderem beschäftigt als mit uns ...«

Sally: »Wußten Sie, daß sie eigentlich frigide ist?«

Krabbenspinne: »Ja, aber wir lieben die Herausforderung.«

Sally (drückt ihm mit Tränen in den Augen die Hand): »Ich danke Ihnen ganz herzlich für Ihr Kommen.«

Phil: »Heute haben wir es mit Rabeneltern zu tun – mit Männern und Frauen, die Kinder in die Welt gesetzt und sich dann verdrückt haben. Als erstes möchte ich Ihnen den Seehundbullen vorstellen – einen vier Tonnen schweren Kerl, der bis zu vierzig Weibchen hintereinander deckt und dann davonschwimmt.

Wenn Sie nun der Meinung sind, der Seehundbulle sei ein richtiges Herzchen, dann schauen Sie sich die Wasserschildkröte an. Sie schwimmt an den Strand, gräbt ein Loch, legt ihre Eier hinein und verschwindet auf Nimmerwiedersehen.

Auf die Gefahr hin, daß es zynisch klingt, ich bin sicher, daß auch das Lachsweibchen keine Karte zum Muttertag bekommt. Hören Sie sich das an: Das Weibchen legt an die achttausend Eier in einem Gebirgsbach ab … und läßt sie mutterseelenallein dort zurück. Ganze achttausend. Da muß ich einfach fragen: »Haben Sie nicht manchmal Schuldgefühle, wenn Sie daran denken, daß Sie achttausend Kinder im Stich lassen?«

Lachsweibchen: »Ich glaube, daß die Kinder dadurch sehr viel selbständiger werden. Zuviel Bemutterung schadet nur.«

Phil: »Und jetzt sind Sie dran, liebe Zuschauer. Nach der Werbung beantworten wir Ihre Fragen.«

Noch klingt das lächerlich. Aber wer weiß, ob nicht irgendein Talkshowmaster eines Tages sagen wird: »Sind Gorillas klatschsüchtig? Ein Primatenforscher der Universität von Stanford jedenfalls behauptet das. Versäumen Sie also nicht meine nächste Sendung mit Koko, Liz Smith und Cindy Adams.«

Der Blauwal ist das größte Lebewesen auf Gottes Erde. Er ist achtzig Tonnen schwer und über dreißig Meter lang. Seine Zunge ist größer als ein PKW.

Wir kennen sie alle, die Tage, an denen wir das Gefühl haben, als hätte unser Körper mehr Wasser gespeichert als ein ganzer Regenwald. An solchen Tagen ist man überempfindlich, vor allem, wenn gleichzeitig zwei Leute im Bus aufstehen, um einem Platz zu machen. Statt dankend Platz zu nehmen, würde man ihnen am liebsten einen Kinnhaken versetzen.

Findet man endlich ein Kleid, daß einem um die Hüften paßt, könnte man mit dem Stoff, der an Saum und Ärmeln abgeschnitten werden muß, einen Overall für den Blauwal nähen.

Dagegen paßt einem das Auto wie angegossen, und man fängt schon an, sich Gedanken zu machen, ob Aufgedunsenheit lebensgefährlich ist. Um sich abzulenken, nimmt man die Zeitung und liest, daß Silvester Stallone über seinen letzten Film, in dem er nackt aufgetreten ist, verlauten ließ: »Ich muß zugeben, daß ich nicht schlecht gespielt habe. Es war ein guter Nackttag.«

Jetzt mal langsam! Muß man sich so was anhören? Was ist überhaupt ein guter Nackttag? Habe ich je einen gehabt?

Ich meine, das einzige, was noch schlimmer wäre, als

keinen guten Nackttag zu haben, wäre doch, einen zu haben und es selbst nicht zu merken.

Ich gehe jede Wette ein, daß es viele Menschen gibt, die keinen haben. Die Modelle von Rubens und Michelangelo hatten ganz offensichtlich schlechte Nackttage, als sie für die Nachwelt Modell standen. Man braucht sie sich nur auf der Leinwand anzusehen. Sie sehen aus, als hätten sie sich gerade in ein Pastakoma hineingefuttert.

Sollten Sie jemals in die Sixtinische Kapelle kommen, werfen Sie einen Blick zur Decke. Es bedarf nur eines Blickes, um zu erkennen, welches Modell Ödeme hatte und welches nicht.

Und wenn wir schon dabei sind – die Freiheitsstatue könnte auch ein paar Pfunde weniger haben. Ich weiß schon, sie ist groß – immerhin sechsundvierzig Meter – und verbirgt ihr Gewicht geschickt unter einem losen Gewand, aber, daran ist nicht zu rütteln, sie wiegt nun einmal zweihundertfünfundzwanzig Tonnen. Legt man die Versicherungstabellen zugrunde, dürfte sie bei ihrer Größe höchstens einhundertfünfundsiebzig Tonnen wiegen. Aber es ist nicht so einfach. Wie viele von uns haben sich schon geschworen, diese überflüssigen fünfzig Tonnen noch vor Weihnachten loszuwerden?

Ich komme mir immer wie ein Versager vor, wenn es um die Einhaltung von Modetrends geht. Trägt man den Busen hoch, ist meiner mit Sicherheit der Schwerkraft erlegen. Ist es dagegen die Taille, auf die »die Mode ganz besonderen Wert« legt, ist meine Mitte nicht auszumachen. Sind große Augen gefragt, habe ich Schweinsäuglein.

Vielleicht können Sie sich meine Aufregung vor ein paar Jahren vorstellen, als ich las, daß plötzlich ausladende Hinterteile in Mode waren. Ich hatte doch noch nie ein Körperteil besessen, das »in« gewesen war.

Die Modebranche verkündete tatsächlich – und ich zitiere wörtlich – aus Paris: »Der Hintern steht dieses Jahr im Mittelpunkt, sämtliche Modemacher heben ihn mit viel Stoff hervor, bei Abendroben mit Spitze und sogar Tournüren.«

Zum erstenmal verspürte ich Mitleid mit diesen flachärschigen jungen Frauen, die sich im Fitneßcenter auf Steppern die Hacken abliefen, um in Form zu kommen. Am liebsten hätte ich sie beiseite genommen und ihnen ins Ohr geflüstert: »Meine Liebe, Sie brauchen sich wirklich nicht so abzurackern, um Ihre Pomuskeln zu kräftigen. Ich habe mir einen prächtigen Hintern zugelegt, und zwar ganz ohne Mühe. Wollen Sie wissen, wie? Ganz einfach. Zum Briefkasten fahre ich, meine Bankgeschäfte erledige ich vom Auto aus, auch beim Hinbringen und Abholen der Kleidungsstücke zur und von der Reinigung brauche ich nicht aus dem Auto zu steigen, und ich fahre stundenlang im Kreis, damit ich einen Parkplatz direkt vor der Tür meines Aerobic-Centers bekomme.

Meine Kinder habe ich gut abgerichtet. Sie suchen meine Brille, machen Besorgungen, bringen mir was zu trinken, gehen mit dem Hund spazieren und machen die Haustür auf, wenn's klingelt.

Am Abend sitze ich im Sessel, und alles, was ich für mein Glück brauche, steht in unmittelbarer Reichweite: Popcorn, Cola und Fernsehfernbedienung. Auf diese Weise kann ich fünf Stunden lang sitzen bleiben.«

Nach nur wenigen Monaten behindert ein Oberschenkel den anderen am Ausschreiten, und man bleibt deshalb mit gutem Grund lieber im Auto sitzen, als zu Fuß zu gehen.

Unglücklicherweise hat sich der Kehrseitentrend auch auf Männer ausgeweitet. Je ausladender das Hinterteil, desto attraktiver der Mann. Das ist bedauerlich, denn die meisten Männer haben Hinterteile, die aussehen, als hätte man die Luft aus einem Schwimmreifen herausgelassen. Bereits das Sitzen auf einem Korbstuhl verursacht ihnen erhebliche Schmerzen. Sie müssen eben auch an sich arbeiten.

Frauen dagegen brauchen nur sitzen zu bleiben, sie können sozusagen darauf warten, daß ihre Kehrseite noch ausladender wird.

Die meisten Frauen werden jetzt nicht glauben, daß das so einfach ist, und melden sich deshalb vielleicht für eine Fetttransplantation an. Ich möchte darum gleich bekanntgeben, daß ich weltweit als Spenderin zur Verfügung stehe.

Just in dem Augenblick, als ich anfing, meinen Körper so anzunehmen, wie er ist, kamen Mediziner auf die Idee, den Übergewichtigen kräftig einzuheizen, um sie aus gesundheitlichen Gründen zum Abnehmen zu bewegen. Es heißt, die Amerikaner gäben jährlich dreiunddreißig Milliarden aus, um abzunehmen, und trotzdem platzen sie aus allen Nähten.

Es hat eben niemand eine Ahnung vom Charakter der Dicken. Es handelt sich um findige, raffinierte, ja ausgekochte Mitmenschen, die um keine Ausrede verlegen sind, wenn es darum geht, weniger essen zu müssen.

Sie sind imstande, schwanger zu werden, nur um bequeme Kleidung tragen zu können.

Sie stippen ihr Vollkornbrot in fette Soßen.

Sie essen einen riesigen Hamburger, eine große Portion Pommes, eine Portion ausgebackene Zwiebelringe und ein Stück frischen Kirschkuchen, süßen aber dafür ihren Kaffee mit Süßstoff.

Aber wer gibt schon gerne zu, daß er zuviel ißt und sich zu wenig bewegt?

Meine Schwester hatte einen Hund namens Wendy. Diese Hundedame, ein Spitz, sah aus wie ein schwarzes Wollknäuel. Wendy war fett und verwöhnt. Wenn sie vom Wohnzimmer in die Küche wollte, wurde sie von meiner Schwester dorthin getragen. Auch wenn alle Stühle belegt waren und der einzig freie der große breite Sessel war, auf dem Wendy Platz genommen hatte, blieb meine Schwester hart. Der Gast konnte sich ruhig stundenlang an den Türrahmen lehnen, sie sah keinen Anlaß, den Hund zu verscheuchen. Kein Tag verging ohne das geheiligte Abendzeremoniell. Wendy wurde auf die Küchenzeile gesetzt und durfte ihr großes Schüsselchen voll Eiscreme leerschlecken.

Irgendwann war Wendy so fett, daß ihr Bellen an langsam aus einem Reifen entweichende Luft erinnerte. Meine Schwester brachte ihren Liebling zum Tierarzt. Der Tierarzt erklärte, der Hund müsse abnehmen, denn sein Übergewicht habe lebensbedrohliche Ausmaße angenommen. Darauf entdeckte meine findige Schwester, daß es Diäthundefutter in Dosen zum Preis von 2,29 Dollar zu kaufen gab; sie legte sich einen großen Vorrat zu.

»Könntest du ihr nicht einfach weniger zu fressen geben?« fragte ich.

Sie sah mich vernichtend an und sagte: »Du hast Tiere noch nie gemocht.«

An diesem Beispiel zeigt sich die Mentalität von Menschen, die abnehmen müssen. Sie glauben, daß man sich Schlankheit kaufen kann.

Wollte man eine Umfrage veranstalten, sie ergäbe, daß neunundneunzig Prozent der Befragten mit ihrem Körper unzufrieden sind. Wenn man nämlich zugäbe, daß man zufrieden ist, würde kein Mensch mehr mit einem reden. Hochbezahlte Modells, die über den Laufsteg schreiten, ohne daß sich irgend etwas bewegt, stöhnen: »Ich möchte zu gern etwas schlankere Oberschenkel haben.« Des Rätsels Lösung: Sie wollen ganz einfach dazugehören.

Wie die meisten Frauen habe auch ich alles gelesen, was ich übers Abnehmen gefunden habe. Ich möchte ja gerne glauben, daß ich länger lebe, wenn ich mich nur gesund ernähre und ausreichend bewege. Aber eines stört mich dabei: Wale ernähren sich ausschließlich von Fisch (weder Fleisch noch Süßigkeiten) und bewegen sich ununterbrochen, vierundzwanzig Stunden am Tag. Trotzdem könnten sie nicht von der Stange kaufen, wenn sie was zum Anziehen brauchten.

Der Chesapeake-Neufundländer namens Curly legte zwischen dem 1. und 23. Dezember sechshundertfünfzig Meilen zurück, um von Billings in Montana nach Alexander in North Dakota zu gelangen. In Alexander schlief Curly erst einmal zweiundsiebzig Stunden, dann machte er sich auf den Weg zurück nach Billings.

Ich persönlich habe mich nie vom Joggingfieber anstecken lassen, das hierzulande in den siebziger und achtziger Jahren die halbe Nation erfaßte. Da bestelle ich mir ja lieber ein Taxi, als daß ich zum Briefkasten laufe.

Auch Marathons sind nicht mein Fall. Mir erscheint es einfach sinnlos, zweiundvierzig Kilometer zu laufen, um dann in der Schlange auf eine Matratze zu warten, auf die man halb ohnmächtig niedersinken kann. Wenn ich Lust auf blutige Füße verspürte, würde ich mir Stöckelschuhe in Größe 35 kaufen.

Ich bin mit einem Mann verheiratet, der sich am liebsten die Fernbedienung für den Fernseher implantieren ließe, damit er nicht ständig danach suchen muß. Sie können sich deshalb meine Überraschung vorstellen, als er verkündete, er wolle an Marathonläufen teilnehmen.

Was mich aber total aus der Fassung brachte, war, daß er von da an seine ganze Energie für diese Läufe aufsparte. Auf diese Weise lief er zweiundvierzig Kilometer in drei Stunden und dreiunddreißig Minuten. Wenn ich ihn zum

Essen rief, brauchte er für etwa fünf Meter sage und schreibe fünfunddreißig Minuten. Das soll sich einer erklären.

Ich weiß wirklich nicht, was bei Männern so lange dauert. Bei meinem Großvater löste die Bitte, zu Tisch zu kommen, beispielsweise den Gang zur Toilette aus, wo er nicht nur seine Blase entleerte, sondern danach auch noch das Medizinschränkchen umräumte, bevor er schließlich bei Tisch erschien. Inzwischen war das Essen kalt geworden, und auch das Lächeln auf dem Gesicht meiner Großmutter hatte den Gefrierpunkt erreicht.

In den vergangenen zwanzig Jahren verfielen die Menschen im Namen der Freizeit auf immer ausgefallenere Dinge. Einfache Sportarten wie Tennis oder Pingpong, bei denen man Punkte machen konnte und schließlich einer verlor, waren passé. Jetzt waren vollkommen hirnrissige Sachen angesagt, so daß jüngere Geschwister, bevor die älteren zu ihren Abenteuern aufbrachen, fragten: »Kann ich deine Plattensammlung haben, wenn du nicht mehr zurückkommst?«

Eine dieser Sportarten ist Bungeejumping. Dabei wird ein Gummiseil an einer Brücke oder einem Turm befestigt, die Springer stürzen sich mit dem Seil um die Füße in die Tiefe, und kurz vor dem Aufprall wird der Springer, wenn er Glück hat, zurückgerissen. Der Versuch wird wiederholt, sofern der Springer dabei nicht zu Tode gekommen ist. Man bezahlt bis zu achtzig Dollar für das dabei ausgelöste Glücksgefühl.

Ich weiß noch, wie ich zum erstenmal einen Kletterer am Felsen hängen sah. Der Mann dürfte nicht einmal vierzig Pfund gewogen haben, aber aus irgendwelchen unerfindlichen Gründen mußte er an einem Felsen hochklettern, der einer riesigen Wand glich.

Ich habe ja in meinem Leben schon des öfteren Angst

verspürt – etwa, wenn mein Bowlingball in die fremde Bahn hinüber kullerte, wenn ich den Tennisball in den Speisesaal des Clubhauses schlug oder wenn ich als einzige im Skilift hinauf- und wieder hinunterfuhr, weil ich oben nicht aus dem Sitz herausgekommen war – aber Felsenklettern! Man braucht sich doch nur einmal vorzustellen, was passieren würde, wenn man statt einen dieser kleinen Haken den Kopf einer Schlange zu fassen bekäme. Oder wenn man ungefähr auf halbem Weg nach oben feststellen müßte, daß sich die Schuhbänder gelöst haben.

Das Unfaßbare ist aber, daß dieser Sport nicht wegen der damit verbundenen Gefahren verdammt wird, sondern weil er die Umweltschützer auf den Plan ruft, die behaupten, diese Sportfanatiker würden unseren Planeten zerstören.

Ich wüßte doch wirklich zu gern, wie viele Kletterer an einem Sonntag ihre Fingernägel in den Fels krallen. Zehn? Zwanzig? Vielleicht gar dreißig?

Bitte verständigen Sie mich, wenn es irgendwo auf dem Weg nach oben zu einem Stau kommen sollte.

Ich jogge nicht, und ich klettere auch nicht auf Felsen herum, aber ich habe mich zu einem anderen blödsinnigen Freizeitsport der neunziger Jahre hinreißen lassen: dem Treppensteigen.

Meinem Mann erzählte ich, ich ginge in die Sauna, in Wirklichkeit ging ich jedoch dreimal die Woche in ein Fitneßcenter, wo ich den Stepper einschaltete und Treppen stieg.

»Kannst du dich noch an unser zweistöckiges Haus in Bellbrook erinnern? Da hast du die Wäsche auf der untersten Treppenstufe aufgestapelt und etwa einmal im Jahr bist du dann nach oben gegangen?«

»Kann ich mich nicht erinnern«, antwortete ich.

»Damals warst du der Meinung, daß es die Einrichtung von Miles & More längst auch fürs Treppensteigen gäbe, wenn der liebe Herrgott gewollt hätte, daß eine Hausfrau in den zweiten Stock hinaufsteigt.«

»Habe ich nie gesagt.«

»Jedenfalls weiß ich noch gut, daß, als unser jüngstes Kind den Schulabschluß hinter sich hatte, immer noch Windeln auf dem Wäschestapel am unteren Treppenabsatz lagen.«

»Bist du fertig?«

»O nein. Erinnerst du dich an unsere Irlandreise? Du wolltest unbedingt deine Lippen auf den Blarney-Stein drücken, bis du die vielen Stufen gesehen hast.«

»Wenn man vierzig Jahre verheiratet ist, braucht man keinen weiteren Stein zu küssen«, gab ich zurück.

Er konnte sagen, was er wollte, ich erstand ein flottes Stepper-Outfit und suchte drei Wochen lang regelmäßig das Fitneßcenter auf, bis ich merkte, daß mein Hinterteil beim Gehen immer noch hin und her wackelte.

Es scheint naturgegeben, daß sich Kinder abartige Freizeitaktivitäten aussuchen, die ihre Mütter vorzeitig altern lassen.

Eine dieser Sportarten, die den Beginn meiner Wechseljahre erheblich beschleunigte, war das Skateboardfahren. Nicht genug, daß mein Sohn seine Füße auf ein kleines Brett mit Rädern stellte und damit durch das Einkaufszentrum rauschte, wobei er die anderen fast zu Tode erschreckte, nein, er war so findig, auch noch einen Übungsplatz zu entdecken, der einer größeren Badewanne glich, wo er auf seinem Skateboard hin- und hersausen konnte, bis sein Körper horizontal in der Luft schwebte und er vom höchsten Punkt aus geradewegs auf den Autoparkplatz segeln konnte.

Als es zu schneien anfing, wurde das Skateboard gegen ein Snowboard eingetauscht. Na, was dachten Sie denn?

Rollschuhe wurden zum Alptraum aller Versicherungen, denn Tausende von Jugendlichen versuchten, sich bei atemberaubender Geschwindigkeit auf winzigen Rollen zu halten – mit allen nur denkbaren Folgen.

Niemand weiß, warum dieser Hund namens Curly eintausenddreihundert Meilen zurückgelegt hat, obwohl er niemanden besuchen wollte und auch nirgends ein Ausverkauf stattfand. Ich vermute, daß er es aus dem gleichen Grund tat, aus dem sich zwei Männer auf einen Rodelschlitten ohne Bremsen legen und auf dem Rücken liegend mit Geschwindigkeiten von bis zu einhundertfünfzig Stundenkilometern blind durch einen Eistunnel rasen: weil sie nichts Besseres zu tun haben.

Das Nilpferd ist Vegetarier und wiegt zwei Tonnen. Seine Lippen sind über einen halben Meter breit.

Das menschliche Weibchen ist mit seinem Aussehen noch nie zufrieden gewesen. Aber erst in den letzten Jahrzehnten hat es die Sache in die Hand genommen. Und zwar nicht zu knapp.

Wer hätte ahnen können, daß in den neunziger Jahren Nilpferdlippen zum letzten Schrei werden? Filmstars wie Barbara Hershey und Faye Dunaway haben sich ihre Lippen vergrößern lassen und sehen aus, als hätten sie kurz an einer Schnellwerkstätte für Schönheitsoperationen angehalten, die Fenster nach unten gekurbelt und verlangt: »Prüfen Sie den Luftdruck in meinen Lippen, und pumpen Sie sie mit ein paar Pfund Collagen auf.«

Danach zierte jenes freche Grinsen ihr Gesicht, das Mütter so in Rage versetzt und sie drohen läßt: »Wenn du dir dieses Grinsen nicht ganz schnell abschminkst, mein Fräulein, dann kannst du den Rest deiner Teenagerjahre ans Bett gekettet verbringen.«

Heutzutage sollten Frauen mit Schildern um den Hals herumlaufen, auf denen steht: »Wird derzeit überholt« oder »Wir bitten um Nachsicht. Es handelt sich um eine größere bauliche Veränderung«. Auf der Suche nach ewiger Jugend lassen sie sich das Fett von Oberschenkeln und Armen absaugen, Tränensäcke entfernen, das Kinn liften,

Bäuche und Brüste vergrößern oder verkleinern (hängt davon ab, ob sie beim Essen den Teller vor sich sehen können).

Das Rennen um die gewünschte Mädchenhaftigkeit wird aber nur von einigen wenigen gewonnen. Barbie ist sechsunddreißig Jahre alt und hat immer noch keinen einzigen Besenreiser.

Es gibt Fernsehstars, vor allem männliche, die fünfundsechzig sind und heute kein bißchen älter wirken als vor vierzig Jahren.

Mickymaus ist sechsundsechzig. Ob und wie ein Nagetier altert, vermag ich nicht zu sagen, aber ich möchte behaupten, daß ein Tier, das sich schon bald im Altersheim einmieten könnte, ein bißchen zu alt für einen Strampelanzug ist.

Warum sind die Menschen bloß so besessen von dem Ideal, jung zu bleiben? Älterwerden ist doch vollkommen natürlich. Miss Amerika wird älter. Essensreste schimmeln. Autos geben den Geist auf. Häuser fallen ein. Aber wir kämpfen mit allen Mitteln, uns den Körper zu erhalten, den wir beim Abschluß der Tanzstunde zur Schau getragen haben, auch wenn wir uns heute dafür in ein Korsett zwingen müssen, das uns die Luft abschnürt.

Es würde mich nicht im geringsten wundern, wenn ich demnächst im Fernsehen eine ältere Frau sähe, die verzweifelt ins Telefon ruft: »Hilfe, Hilfe! Ich bin in meinem Korsett umgefallen und komme nicht mehr hoch.«

Ich bin der Meinung, daß man Fett einfach nicht los wird. Man kann es lediglich hin und her schieben wie Möbelstücke.

Man nehme eine Tasse voll Oberschenkel und füge sie dem Busen zu. Oder man nehme etwas von den Brüsten weg und runde damit den Hintern ab. Wieviel Hüfte hätten

Sie gern an Ihren Wangenknochen? Ein Pfund oder weniger?

Obwohl ich nicht die Absicht habe, mein Fett umzuschichten, habe ich mich vor kurzem mit einem Stück Papier niedergelassen, das ich in zwei Längsspalten einteilte. Eine Spalte erhielt die Überschrift »Erwünschtes Fett«, die andere »Unerwünschtes Fett«.

Ein kurzer Blick auf meinen Bauch genügte, um zu wissen, daß sich da ein paar Pfunde zuviel befanden, weshalb der Bauch in die zweite Spalte kam. Dann betrachtete ich meine Schenkel und Knöchel und fand, daß ich auch dort ein paar Gramm verschmerzen konnte. Deshalb setzte ich diese beiden Körperteile direkt unter den Bauch. Was die Fettpolster an den Oberarmen anbetraf, bestand nicht der geringste Zweifel. Auch sie kamen in die »Unerwünschtes Fett«-Spalte.

Um es kurz zu machen, will ich gleich gestehen, daß es in der »Erwünschtes Fett«-Spalte nichts zum Zusammenzählen gab, die Pfunde in der zweiten Spalte jedoch für einen kompletten neuen Menschen ausreichten.

Wir sind gewiß nicht das einzige Tier, daß sich pflegt. Auch freilebende Tiere halten große Stücke auf ihr Äußeres. Schimpansen beispielsweise suchen einander ständig nach Läusen ab. Ottern bringen den größten Teil des Tages damit zu, ihren wunderschönen Pelz zu putzen. Manche Vögel sind ganz versessen auf ein Ameisenbad. Sie fliegen mitten ins Ameisennest, wo sie ruhig verharren, bis sie ganz von den zornigen Bewohnern bedeckt sind. Die Vögel tun dies möglicherweise deshalb, weil ihnen die Ameisensäure anderes Getier auf ihrem Gefieder vom Leibe hält. Manche Ornithologen halten es jedoch aufgrund des entrückten Blickes der Vögel für möglich, daß sie Ameisensäure süchtig macht. (Beachten Sie, daß es sich dabei um Fachleute für *Vögel* handelt. Hüten Sie sich deshalb vor eigenen Experimenten.)

Menschen werden auf andere Weisc high. Diejenigen, denen Schönheitsoperationen zu teuer sind, können sich durch den »Wonder Bra« stützen. Er hebt und stützt auf nie geahnte Weise. (Das Wunder daran ist, daß nur eine Person drinsteckt.) Und dann gibt es natürlich noch das Miederhöschen, das Ihr schlaffes Hinterteil von den Kniekehlen hochzieht und in Form bringt.

Vor nicht allzu langer Zeit geschah etwas Merkwürdiges. Die Männer, die immer so getan haben, als läge ihnen nicht das geringste an ihrem Körper, entwickelten plötzlich ein neues Bewußtsein. Die meisten von ihnen waren zu einer Zeit groß geworden, in der es genügte, den Gürtel über der Taille zu sehen, um sicher zu sein, alles unter Kontrolle zu haben. Wenn allerdings die Gürtel so weit nach unten rutschten, daß man sie ohne weiteres für Bruchbänder halten konnte, war es um die Linie geschehen. Na und?

Auf der Titelseite von *Psychology Today* war ein Mann namens Lucky Vanous abgebildet, der in einer Coca-Cola-Reklame einen Bauarbeiter mimt. Jeden Tag um 11.30 Uhr zieht er sein Hemd aus, um sich dann eine Cola zu genehmigen. Sein Publikum ist eine Gruppe schicker Büroangestellter, die ihre Mittagspause in seiner Nähe zubringen, nur um seinen schweißbedeckten Oberkörper zu sehen. Wenn man der Zeitschrift Glauben schenken will, dann ist dieser Mann Symbol für einen wichtigen sozialen Wandel. Heute sind nämlich auch Männer, genau wie früher Frauen, Lustobjekte.

Männer haben entdeckt, daß sich ihre Sinnlichkeit vermarkten läßt. Damit eröffnete sich ein weites Feld für sie. Sie traten in Modeschauen auf, machten Werbung für Duftwässer und Herrenunterwäsche. Sie entkleideten sich auf Junggesellinnenpartys vor einer möglicherweise neuen Schwiegermutter, die gottlob nicht mehr so gut sehen konnte. Aber sie blieben auch von den negativen Seiten der Medaille nicht verschont: Sie entwickelten Eßstörungen, hielten ständig Diät, sprachen nur noch von Fitneß, kümmerten sich wie besessen um ihr Aussehen und quälten sich mit den Überlegungen, wieviel Geld sie für Schönheitsoperationen lockermachen könnten.

Muskelprotze gehen unweigerlich in die Falle. Es gibt Anzeigen, in denen die Straffung und Vergrößerung des Hinterteils angepriesen wird. Schönheit durch Vitamine und Mineralien einfach durch Schlucken herbeizuzaubern ist inzwischen zum Volkssport geworden. Es dürfte deshalb nur eine Frage der Zeit sein, bis die neuen männlichen Sexgötter uns den Rang als Vorkämpfer ewiger Jugend streitig machen. Ich gehöre zu den Frauen, die zu sparsam sind, einen Installateur kommen zu lassen. Lieber repariere ich die Toilette selbst. Geht es aber darum, meine Augenfältchen loszuwerden, würde ich eher meine Hausratversicherung nicht bezahlen, als auf meine Augenfältchencreme zu verzichten. Im Kaufhaus kann ich an keinem Kosmetikstand vorbeigehen, ohne ausgiebig die Wunderelixiere, Cremes und Masken zu studieren.

Ich bin felsenfest davon überzeugt, daß eine weiße Abdeckcreme unter meinen Augen die Tränensäcke unsichtbar macht, mit denen ich mich abschleppe, und zweifle nicht eine Sekunde daran, daß ich durch geschicktes Make-up die Wangenknochen von Katharine Hepburn haben kann.

Erst neulich hat mir eine Hautspezialistin ein »Reparaturset« empfohlen.

»Welche Ersatzteile schlagen Sie mir vor?«

»Nein, nein«, meinte sie. »Was Sie brauchen, ist Zellerneuerung. Diese Creme hier, die sehr sparsam im Verbrauch ist, läßt schon nach kürzester Zeit die Augenfältchen verschwinden, und dann können wir uns die Lachfältchen vornehmen.«

»Ich habe seit fünfzehn Jahren nicht mehr gelacht.«

Das Reparaturset kaufte ich trotzdem. Es kam zu Wagenheber, Warndreieck und Ersatzreifen in den Kofferraum meines Wagens, denn man weiß ja nie, ob man nicht irgendwann mitten in der Nacht irgendwo stehenbleibt und sich die Lippen aufpumpen muß.

Eichhörnchen vergraben ihre Nüsse überall – alle dreieinhalb Minuten fünf Nüsse, bis sie ungefähr zehntausend Nüsse eingelagert haben. Im Gegensatz zu dem, was wir in der Schule gelernt haben, erinnern sie sich später nur noch an die Hälfte der Nüsse, die andere Hälfte wächst zu Bäumen heran.

Das Gedächtnis wählt sich seine Inhalte nach eigenem Gutdünken aus.

Ich kann mich an jede einzelne Person erinnern, die sich ein Buch, einen Pullover, einen Kugelschreiber, eine Tupper-Dose oder Geld von mir geborgt und nicht zurückgegeben hat.

Ich weiß noch die Telefonnummer meiner Großmutter aus dem Jahr 1939, den ganzen Text von Rosamunde, die Rede von Lincoln auf dem Schlachtfeld von Gettysburg und die Namen aller Figuren aus der Sesamstraße.

Dagegen fällt mir oft der Name eines meiner Kinder nicht ein. Ich sehe sie eindringlich an, bringe gerade die beiden ersten heraus und füge schnell hinzu: »Du weißt, wer du bist. Geh ans Telefon.«

Für uns Mütter beginnt das Memory-Spiel ziemlich früh. Wir fangen damit an, daß wir dies und jenes vor den Kleineren verstecken. Aber nicht etwa nur Bleichmittel und Abflußfrei. Wir lassen Geburtstagskarten, Fahrräder für Weihnachten, Tesafilm, Farbstifte, den Schlüssel für Vatis

Werkstatt, Kaugummi und die Fernsehfernbedienung verschwinden.

Aber genau wie Eichhörnchen verstecken wir in erster Linie eßbare Dinge. Ich hatte Kekse hinter dem Wasserboiler, Bonbons in einer Abführmittelschachtel, Bananen im Gästeschrank und Chips unter dem Geschirrtuch (ein Gegenstand, den sie garantiert nie in die Hand nehmen) versteckt.

Aber leider können wir uns nie erinnern, wo wir die Sachen versteckt haben.

In meiner Jugend hatte ich ein Gedächtnis, das es mit jedem Computer aufnehmen konnte. Ich konnte mich genau erinnern, an welchem Tag und zu welcher Stunde meine Schwester ihre erste Armbanduhr bekommen hat und wann sie zum erstenmal bis nach Mitternacht hat ausbleiben dürfen.

Später vergaß ich dann öfter mal kleine, unwichtige Dinge – beispielsweise wo ich den Kinderwagen abgestellt hatte oder den Termin für die Einzahlung einer Versicherungsrate –, aber auch nur deshalb, weil ich überarbeitet war.

Noch später war von einem Gedächtnis gar keine Rede mehr. Es gab nichts Wichtiges, an das ich mich hätte erinnern können. Ich war ausschließlich damit beschäftigt, Halbwüchsigen hinterherzujagen und hin und wieder rezeptfreie Beruhigungsmittel zu besorgen.

Erst als die Kinder ausgezogen waren, fiel meinem Mann und mir auf, daß uns immer öfter Namen von Personen und Orten nicht einfielen. Unsere Vergeßlichkeit machte uns verrückt.

Wir können uns beim besten Willen weder an die Namen der Zwerge aus Schneewittchen erinnern, noch an die Namen der Familienmitglieder der Kennedys. (Eunice hatten wir schon immer vergessen.) Und wir wissen, wenn einer von uns beiden einen Satz anfängt, darf der andere nicht weit weg sein, denn er muß den Satz zu Ende bringen.

Ich erzähle liebend gern meine Rückengeschichte, aber dazu brauche ich meinen Mann, denn nur er weiß, wie sich die Behandlung nennt, die mir schließlich half. Der Ausdruck kommt ihm mühelos über die Lippen – lumbale Discectonomie. Wenn ich weiß, daß er nicht in der Nähe ist, gebe ich statt dessen meine Kalzium-in-der-Schulter-Geschichte zum besten. Sie ist zwar nicht so dramatisch, aber das Wort Kalzium kann ich mir merken.

Mein Mann kann sich einfach den Namen des Trainers der Chicago Bulls, Phil Jackson, nicht merken. Deshalb schnippt er, wenn er zum Ende seiner Geschichte kommt, mit dem Finger in meine Richtung und sagt: »Wie heißt er noch gleich, Erma? Du weißt schon, der Typ, der aussieht wie Tom Selleck mit Migräne?« Und wie ein abgerichteter Seehund belle ich: »Phil Jackson.«

Eines Abends mußte ich dringend aufs Klo, als er seine Geschichte erzählte. Auf dem Weg zur Tür beugte ich mich zu ihm hinunter und flüsterte ihm ins Ohr: »Phil Jackson.« Er küßte mich dankbar.

Wir sehen uns beide gerne »Jeopardy«, ein Fernsehquiz an, einfach nur, um geistig fit zu bleiben. Eines Nachts fuhr ich aus dem Schlaf und rief in die Dunkelheit: »Peyton Place!« Mein Mann schreckte hoch und fragte: »Wovon redest du?« »Erinnerst du dich an die Frage nach dem Buch von Grace Metalious, das ganz Neuengland schockiert hat?»

»Aber die Frage war doch schon vor vier Tagen dran«, seufzte er.

»Genies brauchen Zeit«, gab ich zurück.

Unsere Kinder haben nichts besseres zu tun, als sich

über unseren geistigen Verfall zu amüsieren. Sie lassen es sich nicht nehmen, uns regelmäßig darauf hinzuweisen, daß pro Jahr einhunderttausend graue Zellen absterben.

Sie können sich meine Aufregung vorstellen, als ich in einer renommierten Zeitschrift las, daß Gehirnzellen zwar schrumpfen, aber nicht notwendigerweise absterben.

Dem Himmel sei Dank, daß wenigstens etwas an mir schrumpft.

Der Artikel besagte, daß die Gehirne alter Ratten, denen man neues Spielzeug in ihre Käfige legte, plötzlich hyperaktiv wurden und daß die Blutzufuhr zum Gehirn deutlich gesteigert war. Diese Wirkung ließ jedoch in dem Maße nach, in dem der Reiz des Neuen nachließ, die Tiere sich also langweilten.

Mir braucht man keinen Kinnhaken zu verpassen, um mich davon zu überzeugen, daß das Geheimnis der Jugend darin besteht, sich nie zu langweilen. Schenkt man wissenschaftlichen Forschungsergebnissen Glauben, wird das Gehirn nicht durch »Jeopardy« und Sportsendungen stimuliert. Ebenso wenig durch Joggen. Kreuzworträtsel und zügige Spaziergänge dagegen halten angeblich jung und lebendig. Das soll einer verstehen!

Eine wissenschaftliche Erkenntnis, die mich aufgerüttelt hat, war die, daß es nicht das Gehirn ist, das als erstes ausfällt. Wenn ich es recht bedenke, muß ich sagen, daß ich tatsächlich einen allmählichen, aber stetig fortschreitenden Verfall bemerkt habe.

Mitte Zwanzig mußte ich mir eine Brille zulegen, und zwar bald nach dem Besuch eines Restaurants, wo ich die Speisekarte auf den Boden legen mußte, um Tortellini mit Spinat und den gemischten Salat bestellen zu können. Alle anderen am Tisch hielten die Speisekarten in der Hand.

So um die Dreißig machten sich Knie und Füße bemerkbar. Mein Aufschlag beim Tennisspielen wurde so lahm, daß ich, wäre ich übers Netz gesprungen, den Ball selbst hätte zurückschlagen können. Außerdem stellte ich fest, daß ich mich, wo ich auch hinkam, als erstes nach einem bequemen Stuhl umsah.

Mit dem Rücken und den Nieren ging's um die Vierzig los. Andere in meinem Alter hatten offenbar dieselben Probleme. Die Frauen erzählten freimütig vom nächtlichen Gang zur Toilette, aber sie schoben es wie alles andere, das sich senkte, auf ihre Geburten.

Mein Hirn ließ irgendwann zwischen fünfzig und sechzig nach. Ich konnte mein Auto auf dem Parkplatz nicht mehr finden, wußte nicht mehr, ob ich schon Salz an die Kartoffeln getan hatte, und konnte mich nicht nur nicht mehr an die Pointe eines Witzes erinnern, sondern nicht einmal mehr an den Witz.

Der wissenschaftliche Artikel brachte mich auf die Idee, ein paar Dinge in meinem Leben zu ändern. Ich beschloß, wenigstens einmal pro Woche ein Kreuzworträtsel zu lösen, jeden zweiten Tag spazierenzugehen und mir ein Spielzeug zuzulegen – vielleicht Harrison Ford?

Irgendwo in Saudi-Arabien überfuhr ein Autofahrer aus Versehen einen Affen. Als er später auf der gleichen Straße zurückkam, war der tote Affe von zahlreichen ihn betrauernden Artgenossen umgeben, die, als sie das Auto bemerkten, auf den Wagen sprangen und die Scheiben zertrümmerten.

Trotz der Tatsache, daß wir in diesem Leben alle nur einen Fahrschein für eine einfache Fahrt haben, kommt es mir vor, als könnten Tiere besser mit dem Tod umgehen als Menschen. Stirbt eines von ihnen durch Verletzung oder Erschöpfung oder wird es von einem größeren Tier verspeist, dreht sich das überlebende Tier einfach um – und überläßt die sterblichen Überreste der natürlichen Wiederverwertung.

Menschen hingegen fragen nach dem Warum, bahren ihre Toten auf, halten Trauerfeiern ab, servieren belegte Brötchen und Berge von Kartoffelsalat und lassen den Verblichenen in der ersten Limousine seines Erdendaseins zum Friedhof chauffieren.

Trauer ist uns Menschen jedoch nicht angeboren, sie wird uns anerzogen. Darum verhalten sich Kinder auch ganz anders als Erwachsene. Als eine Freundin in Kalifornien ihren Hund begrub, glaubte sie sich verpflichtet, ihrer fünf Jahre alten Tochter vom ewigen Kreislauf des Lebens und Sterbens erzählen zu müssen. Sie zog die Kleine ganz nahe an sich heran und flüsterte: »Es ist besser so, denn Frisky ist jetzt im Himmel beim lieben Gott.«

Ihre Tochter sah sie mit großen Augen an und fragte: »Aber Mama, was tut denn der liebe Gott mit dem toten Hund?«

Da unsere Kinder jedes Tier, das sie fanden und das klein genug war, in ein Einmachglas zu passen, hegten und pflegten, mußten wir fast jede Woche einem Tierbegräbnis beiwohnen. Ich erinnere mich an eine kleine Eidechse, die in einem Terrarium auf dem WC-Spülkasten hauste und höchstwahrscheinlich an »Spülangst« starb. Zur letzten Ruhe gebettet haben wir auch einen Käfer, in dem wir, hätten wir eine Autopsie vorgenommen, bestimmt die Hälfte des Flurteppichbodens gefunden hätten. Auch für den Hamster, der sich selbst zum elektrischen Stuhl verurteilte, indem er das Kabel unseres Toasters durchbiß, hielten wir eine Trauerfeier ab. Aber die ergreifendsten Trauerfeiern waren die über der Toilettenschüssel für verstorbene Fische.

Dabei standen wir im Kreis um die Porzellanschüssel, die wir liebevoll »Das himmlische Aquarium« getauft hatten, und blickten nach unten. Nach angemessener Zeit fragte ich, ob der Fisch einen Namen gehabt habe. (Es gab keinen, der keinen Namen gehabt hatte.) Dann bat ich die Kinder, der Reihe nach ein paar passende und freundliche Worte über den Fisch zu sagen. Wenn ich zurückdenke, fallen mir folgende Sätze ein: »Er hat vor letzter Nacht nie gestunken.« »Er hat niemanden gebissen.« »Es tut mir leid, daß ich dir Pizza zu fressen gegeben habe, Ethel.«

Schließlich waren wir uns einig, daß Ethel ein gutes Leben geführt habe, dann ließ eins der Kinder den leblosen Körper aus dem Papiertaschentuch in die Toilettenschüssel gleiten. Wir übergaben den Leichnam dem Abflußrohr und spülten kräftig nach. Ich versicherte unseren Kindern, daß

Ethel bestimmt in die ewigen Abwassergründe des Himmels eingehen würde.

Ich will hier nicht behaupten, alle wilden Tiere seien ohne Gefühle und unfähig zu trauern. Es gibt Filme über Elefanten, wo gezeigt wird, wie sie stundenlang bei ihren Toten bleiben und verzweifelt versuchen, sie mit ihren Stoßzähnen und Rüsseln wieder auf die Beine zu stellen. Wenn jemand nicht in der Lage ist, den Puls zu messen, bleibt ihm wahrscheinlich auch nichts anderes übrig.

Mensch und Tier gemeinsam ist der Überlebenswille. Der Mensch verlängert sein Leben mit Hilfe von Ersatzteilen und Krücken. Er kann sich heute sogar legal entscheiden, wie lange er noch leben will.

Einige Tiere haben die beneidenswerte Fähigkeit der Selbstheilung. Der Eidechse wächst ein Schwanz nach, ebenso wie dem Seestern und dem Krebs die Gliedmaßen, und die Seegurke kann durch einen besonderen Trick sogar ihre Eingeweide nachwachsen lassen.

Gefälliges Aussehen garantiert Tieren eine verhältnismäßig lange Lebenserwartung. Wenn man dagegen einen Skorpion an der Wand sieht, dann wird er mit einem gezielten Schlag in die Ewigkeit befördert. Wohingegen Besitzer von Yorkshireterriern wissen, daß diese Tiere gut und gerne zweihundert Jahre alt werden können.

Wir hatten einen Yorkshireterrier, der absolut nichts von Stubenreinheit hielt. Wenn jemand unsere Adresse wissen wollte, antwortete ich stets: »Die Hundehütte auf der Anhöhe. Rufen Sie bitte vorher an.«

Er bellte, er biß, und die Hundetür, die wir ihm hatten einpassen lassen, benutzte er nur, wenn sie ihm jemand aufhielt. Wir suchten also einen neuen Besitzer, bei dem er es gut haben sollte. Die ins Auge gefaßte neue Besitzerin sagte: »Ein wunderbares Tier. Bellt er?« Wir bejahten ihre

Frage. »Großartig«, meinte sie, »das schreckt Einbrecher ab. Beißt er?«

»Ja«, murmelten wir leise und sahen uns im Geiste mit dem Hund wieder nach Hause fahren.

»Perfekt. Auf diese Weise brauchen wir uns nicht mit ungebetenen Gästen herumzuschlagen.«

Während wir uns verabschiedeten und zur Tür gingen, sprang unser Hund mit einem Satz auf ihre satinbezogene Couch, machte einen Haufen und streckte alle Viere von sich.

»Ist er nicht süß!« flötete sie.

Da wußte ich, daß er sie überleben würde.

Es gibt ein ungeschriebenes Gesetz, das besagt: Je größer die Ansprüche, die ein Haustier an seine Besitzer stellt, desto länger lebt es.

Ich hatte einmal einen Papagei, der nur zwei Ausdrücke beherrschte. Der eine war »Hallo Barney« (der Dummkopf begrüßte sich selbst), der andere war »Telefon«. Ich liebte das Tier, weil es mich an meinen Mann erinnerte. Auch er stellt sich immer mit seinem Vornamen vor, und jedesmal, wenn das Telefon klingelt, ruft er mit lauter Stimme »Telefon«, ohne auch nur die geringsten Anstalten zu machen, sich in Bewegung zu setzen.

Barneys Ritual war tagein tagaus dasselbe. Er aß ein Pfund Körner, und dann machte er ein Geschäftchen, mit dem man ein ganzes Feld hätte düngen können.

Seine Lebenserwartung lag bei rund hundert Jahren.

Eines Tages sah ich in einer Tierhandlung eine Sprechübungskassette.

Zu Hause stellte ich mich mit der Kassette in der Hand vor Barneys Käfig und sagte: »Also, mein Guter, seit drei Jahren tust du nichts anderes, als Erdnußschalen auf den Boden zu werfen und hin und wieder über meinen Schreibtisch zu fliegen und dort deine feuchten Spuren zu hinterlassen. Meinst du nicht, daß du allmählich lernen solltest, uns zu unterhalten? Ich verlange ja gar nicht, daß du tanzen lernst, ich möchte nur, daß du etwas sprechen lernst.«

Die Übungen waren einfach. Zwanzig Minuten pro Tag sollte der Vogel zwei sich ständig wiederholenden kurzen Sätzen lauschen, der eine stammte aus einem Selbstgespräch von Hamlet, der andere aus Arien von Carmen und Madame Butterfly.

Die Sätze lauteten »Hallo, ich bin hier drüben« und »Ich bin ein böser Vogel«.

Im Anschluß daran sollte er zwanzig Minuten lang die Torero-Arie trällern.

Am Ende der dritten Woche hätte ich mir am liebsten eine Kette aus Valiumtabletten umgehängt und in den Pausen daran geschleckt. Die Kassette raubte mir den letzten Nerv.

Bei der Pflege, die ich dem Tier angedeihen ließ, mußte es mich überleben. Die Kinder ließen mich wissen, daß sie nichts zu erben wünschten, was sie abstauben, fertigstellen oder füttern müßten. Aufgrund seiner begrenzten Fähigkeiten hatte Barney keine Möglichkeit, seinen eigenen Lebensunterhalt zu verdienen. Ich mußte ihn deshalb in meinem Testament bedenken.

Ältere Hunde kann man auf menschliche Weise einschläfern lassen, aber wer glaubt einem, daß man einen neunzig Jahre alten Vogel hat? Die Federn werden weder grau noch weiß.

Eines Abends sagte mein Mann während des Essens: »Ich bin ein böser Vogel.« Er stutzte und fügte kopfschüttelnd hinzu: »Ich weiß nicht, warum ich das gesagt habe.«

Aber ich wußte es. Es war die dämliche Kassette. Nachdem ich nun wenigstens einen zum Sprechen gebracht hatte, schenkte ich Barney meinem Sohn, der Tiere liebt und den Vogel mit größerer Wahrscheinlichkeit als ich überleben wird.

Ich habe gesehen, wie eine Wasserschildkröte am Strand von Costa Rica ihre Eier in den Sand setzte. Während der Geburt rollte eine dicke Träne über ihre Wange. Manche behaupten, es handle sich dabei um einen Reflex, der nichts mit Geburtsschmerz zu tun habe.

Ich hingegen bin der Meinung, daß sie die Träne vergießt, weil sie genau weiß, daß sie ihre Jungen nie wiedersehen wird.

Eines der interessantesten Tiere in der freien Natur ist der Gorilla. Er rülpst, johlt, bellt, weint, schreit, schlägt Purzelbäume, rutscht auf dem Bauch einen Abhang hinunter, tanzt auf seinem Ast und zeigt ungeniert seine intimsten Körperteile, nur um Aufmerksamkeit zu erregen.

Ich vertrete die wenngleich vielleicht etwas abwegige Theorie, daß Exhibitionismus angeboren ist. Man beobachtet ihn beim Säugling in der Wiege, der so lange aus Leibeskräften schreit, bis man ihn hochnimmt.

Und auch beim Kind, das während jeder Vorführung des selbstaufgenommenen Videos wie eine durch die Lüfte schwirrende Frisbeescheibe vor dem Bildschirm herumrast. Bei Tisch steckt es sich eine Fritte in jedes Nasenloch und bellt dazu wie ein Seehund. Es pinkelt ins Planschbecken und vertreibt damit die anderen in weniger als fünfzehn Sekunden. Es trägt seine Kleider links herum und meist hängt ihm die Unterhose aus dem Tennisdreß. Zum Spaß nimmt es Ihr Scheckbuch mit in die Schule, um es den anderen Kindern zu zeigen. Wenn dieses Kind größer ist, frequentiert es mit Vorliebe Karaoke-Bars und singt »Strangers in the Night« – in der falschen Tonart.

Die Mehrheit des Homo sapiens lebt ein beschauliches Leben auf Tribünenplätzen. Ihnen genügt es, denen zuzuschauen, die Aufmerksamkeit brauchen.

Sehen wir ab von jener exklusiven Gruppe Mensch, die in ihrer Brieftasche eine Karte bereithält, auf der steht: »Im Falle eines Unfalls bitte eine Pressekonferenz einberufen.«

Wie schafft man es, Aufmerksamkeit zu erregen? Im Tierreich braucht man dazu als männlicher Tausendfüßler lediglich fünfmal pro Sekunde den Kopf auf den Boden zu knallen. Die Aufmerksamkeit ist einem dann gewiß.

Wer als Mensch Aufmerksamkeit erregen will, könnte es dem Künstler gleichtun, der zusammen mit zweihundert freiwilligen Helfern an einem kalifornischen Strand eine zwei Meilen lange Sandskulptur fertigte, die aus einundzwanzigtausend mittelgroßen Brüsten bestand. Sein nächstes Projekt soll darin bestehen, zehntausend Büstenhalter über eine zwei Meilen breite Schlucht im Grand Canyon zu spannen.

Doch wir Menschen haben etwas, mit dem wir Aufmerksamkeit erregen können, was Tieren gänzlich fehlt – Nacktheit. Madonna entblößte während eines AIDS-Benefizkonzerts ihren Oberkörper. Das einzige, was wir von Madonna noch nicht gesehen haben, sind ihre Röntgenbilder.

Der New Yorker Talkshowgastgeber Howard Stern ließ sich auf der Titelseite seines Buches mit dem Titel *Private Parts* nackt ablichten. Er verkaufte zehnmal mehr Bücher als bekleidete Autoren.

Den Talkshowstar Roseanne kennt man inzwischen sogar in Europa, wie ich höre, weil sie ihr Publikum fasziniert, indem sie die Nationalhymne in der falschen Tonart und mit der Hand zwischen den Beinen gesungen hat, und weil sie in aller Öffentlicheit verkündete, daß sie einen Dreier mit ihrem Exmann und ihrer Sekretärin plant – und das alles an einem einzigen Sonntagmorgen.

Bei den bisher Genannten handelt es sich um professionelle Exhibitionisten, und das, was sie tun, empfiehlt sich keineswegs der Nachahmung. Aber ein Großteil der Bevölkerung wird dennoch die Prophezeiung von Andy Warhol wahrmachen, daß demnächst jeder nur noch fünfzehn Minuten lang eine Berühmtheit sei.

An der Spitze der Liste stehen natürlich die Lottogewinner. Stellen Sie sich doch einfach ein amerikanisches Ehepaar vor, das, nichts Böses ahnend, vor dem Fernseher sitzt, während ihre Zahlen gezogen werden. Innerhalb von Minuten wimmelt es vor ihrem Haus nur so von Fotografen, Kameraleuten und gierigen Verwandten, die selbst den weiten Weg von Hawaii nicht gescheut haben. Hubschrauber kreisen über dem Haus. Kurz bevor die beiden von Panik erfaßt werden, hauchen sie in die Kamera: »O mein Gott.« Auf die Frage, ob das viele Geld ihr Leben verändern wird, antworten sie: »Nicht im geringsten.«

Nie werde ich den Lottogewinner aus Ohio vergessen, der fünfzig Millionen Dollar gewann. Als man ihn fragte, was er mit all dem Geld tun würde, soll er gesagt haben: »Ich wollte mir schon immer einen Toaster kaufen, mit dem sich acht Scheiben auf einmal toasten lassen.«

Ist das der amerikanische Traum?

Zu den Wünschen, die Menschen hegen und deren Erfüllung ihnen versagt bleibt, scheint mir ein Toaster nicht zu passen, aber was weiß denn ich schon? Vielleicht gibt es Träumer, die in einer Hängematte liegen, zum Himmel hinaufstarren und sich vorstellen, eines Tages Toasts für einen ganzen Armeestützpunkt zu machen.

Der Witz an der Sache ist, daß sich die meisten Lottogewinner nach irgendeinem kleinen Traum verzehren, dessen Erfüllung schon lange im Bereich ihrer Möglichkeiten lag. Sie erfüllen sich also einen Wunsch, den sie bisher immer vor sich hergeschoben haben ... ein neues Sofa für Mama, eine Reise mit den Kindern in die Smoky Mountains, oder wie der Mann aus Ohio meinte: »Jetzt kann ich endlich die Dellen in meinem Auto ausbeulen lassen.«

Ein anderer Lottogewinner aus New York kaufte ein bescheidenes, kleines Häuschen, um sich den Luxus zu gestatten, »sich jeden Tag das Essen ins Haus liefern zu lassen und für die Tage zu sparen, wenn wir wieder arm sind.«

Quatsch, sagen Sie? Wie lange besitzen Sie denn schon dieses Backblech, das aussieht wie eine Ölpfanne unter einem Traktor von 1947? Für ein paar Dollar könnten Sie höchstwahrscheinlich ein neues erstehen, aber statt dessen reißen Sie, wenn Sie es benutzen, lieber jedesmal das Küchenfenster auf und lüften anschließend die ganze Wohnung.

Ich träume oft davon, im Lotto zu gewinnen und dann im Fernsehen als Berühmtheit aufzutreten. Ich wünsche mir nämlich schon lange Ersatzschlüssel für unsere Haustüre. Mein Mann träumt von einer Salz- und Pfeffermühle für den Tisch, damit er nicht jedesmal aufstehen und in die Küche laufen muß. Tja, warum denn nicht nach den Sternen greifen, wenn man schon träumt?

Ich sehe mir gerne eine dieser kurzlebigen Berühmtheiten in den Sechs-Uhr-Nachrichten an. Zum Beispiel den Mann, der jahrelang neben einem Serienmörder gelebt und nichts geahnt hat. Die Kamera zeigt ihn in Großaufnahme, wie er seinem Nachbarn nachsieht, den man eben im Polizeiauto abführt. Ein Fernsehreporter hält ihm das Mikrofon unter die Nase und sagt: »Und das ist Elwood Merk, der neben dem Verdächtigen wohnt. Nun, Mr. Merk, haben Sie irgend etwas Ungewöhnliches an Ihrem Nachbarn bemerkt?«

Mr. Merk, der inzwischen mitbekommen hat, daß die Kamera auf ihn gerichtet ist, lächelt und sagt: »Aber nein. Er schien ein wirklich netter Kerl zu sein. Hat jeden Abend seinen Hund ausgeführt, eigentlich sehr ruhig. Hat meiner Tochter sogar Plätzchen abgekauft. Meine Tochter ist nämlich Pfadfinderin. Wenn ich mich recht erinnere, waren es Schokoladenplätzchen, stimmt's, Evie?« (Seine Frau nickt.)

Das Fernsehen besitzt überhaupt die Fähigkeit, längst vergessene oder lange verdrängte Gefühle zum Vorschein zu bringen. Klassische Beispiele dafür sind die neuen »Enthüllungs«-Talkshows, die bei den jüngeren Zuschauern so beliebt sind.

Für die Mitwirkung winken eine Reise nach New York inklusive Flug und Übernachtung in einem der besten Hotels, Auftritt in der Talkshow, wo einem lauter Fremde zuhören, wenn man die Geschichte der eigenen Scheidung, Untreue, Perversität oder schwierigen Beziehung zum besten gibt. Der Unterhaltungswert besteht darin, daß der oder die Bekennende die Schimpftiraden der Zuschauer über sich ergehen lassen muß, bis er oder sie in Tränen aufgelöst ist und selbst von einem tüchtigen Therapeuten nicht mehr aufgerichtet werden kann.

Der Preis für diese fünfzehn Minuten im Fernsehen ist hoch, dabei fallen die Ausgaben für Rouge und Wimperntusche kaum ins Gewicht.

Ist es tatsächlich erst ein paar Jahre her, daß Bob Eubanks in der Sendung »Flitterabend« ein Paar fragte, in welcher Richtung sie im Bett lagen, wenn sie der Stimme der Natur folgten? »War es Richtung Antarktis, Südamerika oder Ohio?« Das Publikum hielt den Atem an. Haben wir als Kinder nicht alle einmal das Spiel gespielt, das »Ich weiß etwas, was du nicht weißt« hieß?

Heutzutage gibt es keine Geheimnisse mehr. Was ich weiß, wissen bald auch alle anderen. Um fünfzehn Minuten lang berühmt zu sein, muß man lediglich seine Phantasie benutzen. Ein Mann bekam einen Auftritt in der David

Letterman Show, weil er zwei Minuten zu einer eingespielten Melodie die Brustmuskeln anspannen konnte. »Dem Publikum schien es zu gefallen«, meinte der Mann später, »aber wenn sich ein Mann auszieht, erntet er immer Applaus.«

Es ist zwar kaum zu glauben, aber es gibt immer noch Menschen, denen dieser ganze Rummel auf die Nerven geht. Sie wollen nichts weiter, als in Ruhe gelassen zu werden.

Im Tierreich läßt man an diesem Bedürfnis keinen Zweifel. Wenn man sich der Hakennatter nähert, ist klar, daß sie die Begegnung scheut. Sie dreht sich nämlich einfach auf den Rücken, wo sie mit offenem Mund und heraushängender Zunge liegenbleibt. Auch wenn man sie berührt, bleibt sie starr, ja, wie tot liegen. In der Regel wendet sich der Angreifer nach kurzer Zeit wieder ab.

Dieses Verhalten erinnert mich an das von Ehemännern, die während eines Fußballspiels nicht gestört werden wollen.

Die Seegurke dagegen greift zu drastischeren Mitteln. Sie lebt am liebsten dort, wo sie geboren ist, und wenn ihr irgend jemand zu nahe kommt, stülpt sie ihre Eingeweide nach außen und bricht zusammen.

Stellen Sie sich die Einschaltquoten vor, die sich damit erreichen ließen!

Auch Hunde und Katzen können jetzt als Vielflieger bei Carnival Air Lines Meilen sammeln. Sie müssen im Frachtraum reisen, kommen nicht in den Genuß kostenloser Getränke und müssen auf dem Flug von ihren Besitzern begleitet werden.

Alle lieben Schnäppchen.

Billig gilt inzwischen als chic und in. Wenn mir früher jemand erzählt hätte, daß jemand wie ich, der sich aus Sparsamkeit schon immer auf Flohmärkten, in Secondhand-Läden, bei Fabrikverkäufen und an Wühltischen herumtrieb, plötzlich »in« ist, hätte ich ihn ausgelacht.

Ich habe eine große Begabung. Ich kann mit dem Auto irgendwo in einer gottverlassenen Gegend auf dem Highway herumgurken, wo meilenweit kein Mensch zu sehen ist, ein bißchen Luft schnuppern und verkünden: »Ich rieche einen Totalausverkauf.«

Dafür habe ich ein eingebautes Radarsystem. Mein Haar stellt sich antennenartig auf, und meine Füße tragen mich, ohne zu zögern, zur heruntergesetzten Bettwäsche. Obwohl ich seit mehr als dreißig Jahren nicht mehr addiert oder subtrahiert habe, kann ich schneller Prozente im Kopf ausrechnen, als ich brauche, um »Ich bezahle mit Kreditkarte« zu sagen.

Einkaufen ist – wie alles andere in diesem Land – in den neunziger Jahren aggressiver und gewalttätiger geworden.

Damen, die einst in weißen Handschuhen durch die Kaufhäuser bummelten, haben sich in eine Meute arroganter Kampfhunde verwandelt.

Wir zahlen unseren Preis für diese Aggressivität. Wir leiden unter den demütigenden Umständen, in Sammelkabinen gepfercht zu sein, zwischen Frauen, die nur mit Strümpfen und Handtaschen bekleidet sind.

Wir ziehen uns in den Gängen um, damit wir unseren Platz am Wühltisch nicht aufgeben müssen. Wir gehen mit rotem, schmerzendem Nacken umher, bis wir uns entschließen, das Designeretikett zu opfern.

Ich gestehe, daß ich schon eine Stunde mit dem Flugzeug geflogen bin, nur weil ein Geschäft Kleidungsstücke von Filmstars angeboten hat. Ich bezahlte fünfundsiebzig Cent für eine Weste, die Debra Paget angeblich in einem Western trug. Leider nahm niemand Notiz davon.

Wenn die Jacke einen Lippenstiftfleck auf dem Kragen und ein Etikett von Donna Karan hat, läßt sie uns kalt. Wenn der Rock an der Taille auseinanderklafft, mit einem Gürtel zusammengehalten werden muß und von Bill Blass ist, sind wir nicht mehr zu bremsen. Sie sehen, es kommt auf die Marke an!

Wenn ein Pullover ein Mottenloch hat und von Mondi stammt, stecken wir unser Namensschild über das Loch.

Nach diesen Einkaufsschlachten, die Finger fest um die kleinen Trophäen mit den kleinen Fehlern gekrallt, um die wir so wild gekämpft haben, gleichen wir altgedienten Kriegern.

Als man dachte, die Einkaufszentren und Fabrikverkaufshallen könnten nicht mehr größer werden, wurden Metro-Supermärkte gebaut, die mit ihren überdimensionalen Ausmaßen Quadratmeilen um Quadratmeilen bedeckten und vom Boden bis zur Decke mit riesigen Paletten vollgestapelt sind.

Kein Ort für Menschen, die sich nicht entscheiden können.

Die Einkaufswagen sind größer als unsere erste Wohnung. Um Kunden fernzuhalten, die nicht ernsthaft entschlossen sind zu kaufen, kommt man nur mit einer Mitgliedskarte hinein.

Ich füllte einen Mitgliedsantrag aus, bezahlte meine dreißig Dollar und posierte für das gewünschte Bild. »Gibt es hier ein Restaurant?« fragte ich.

Die junge Frau hinter dem Schreibtisch warf mir einen vielsagenden Blick zu und reichte mir einen Gutschein für einen Hot dog und ein Getränk.

»Wahrscheinlich gibt's hier auch keinen Golfplatz«, flötete ich etwas unsicher. Sie sagte nichts.

Ich drehte mich um, um mein neues Kampffeld in Augenschein zu nehmen.

Alles, was ich bisher übers Einkaufen gelernt hatte, nämlich nur das zu kaufen, was ich wirklich brauchte, und dabei auch noch Verpackungsabfall zu vermeiden, mußte hier gründlich revidiert werden. Ich mußte mir nur vorstellen, ich sei eine Hausfrau am Rande der Welt, die nur einmal im Jahr einkaufen gehen kann... oder ein Koch, der fünftausend Soldaten im Feldlager zu versorgen hat... oder ein Missionar auf dem Weg in eins der abgelegensten Gebiete der Dritten Welt, wohin er drei Jahre unterwegs sein würde.

Dann legte ich los. Ich kaufte genügend Toilettenpapier, um beim nächsten Woodstock Festival, so denn irgendwann ein zweites stattfinden soll, zweihunderttausend Besucher mit schwacher Blase zu versorgen. Wenn jemand eine Matratze ausstopfen will, braucht er sich nur in meiner Vorratskammer zu bedienen, Hundetrockenfutter habe ich genug. Und der Vorrat an Zahnseide wird meine Zähne überdauern … Kurz gesagt, ich war wie von Sinnen.

Ich kaufte eine Dose Tomatenmark, die so schwer war, daß ich sie nicht einmal heben konnte. Und Katzenfutter, das für die nächsten zwanzig Jahre reichen wird – eher noch länger, wenn ich mir keine Katze nach unserer jetzigen mehr anschaffe. Ich erstand einen Käselaib, der einem Wagenrad glich.

Die gute Seite am Kaufrausch ist, daß so ein Großeinkauf ein langes Leben garantiert. Denn wer will schon sterben müssen, wenn er einen Vorrat von zwanzig Batterien für das Rauchalarmgerät und zwei Fässer Haferflocken zu Hause hat?

Ich kaufte ein Exemplar meines eigenen Buches – weil es herabgesetzt war.

Ich kaufte einen Karton mit Hot dogs und verspeiste sie innerhalb einer Woche.

Das Wort Hot dog kann ich nicht mehr hören.

Es ist ein komisches Gefühl, sich in einem Supermarkt aufzuhalten, in dem die Lebensmittel größer sind als man selbst. Man hat das Gefühl, daß sie einen beherrschen, und fragt sich, ob es den anderen auch so geht.

Plötzlich ging ich ganz impulsiv auf einen wildfremden Menschen zu und fragte: »Möchten Sie vielleicht fünfzig Köpfe Salat mit mir teilen?« Einer schließlich freute sich über das Angebot und antwortete: »Ja, gern, allerdings nur wenn Sie mir ein halbes Dutzend Flaschen Abführmittel abnehmen.«

Wir verabredeten, uns auf dem Parkplatz zu treffen.

Sparen mittels Großeinkauf hat spirituelle Qualitäten. In vieler Hinsicht läßt uns dieser Vorgang über uns selbst hinauswachsen. Vor allem nach den Erfahrungen auf dem

Parkplatz. Die meisten Autos sind viel zu klein, um diese Mengen zu transportieren. Nur Riesenbrummis mit sechzehn Rädern sind in der Lage, solche Mengen zu bewegen.

Meine Mutter und ich beluden den Kofferraum gemeinsam, sorgfältig stapelten wir ein Stück auf das andere. Anschließend packten wir noch Rücksitz und Dachträger voll. Übrig blieb ein Laib Brie, den meine Mutter zwischen den Knien balancierte und ein Zehn-Pfund-Paket gefrorene Shrimps, das sie an ihre Brust drückte.

Als wir endlich abfahren wollten, bemerkte ich im Rückspiegel ein Fünfzig-Pfund-Paket Rasendünger, das wir vergessen hatten einzuladen. Es blieb uns nichts anderes übrig, als dafür Räder zu kaufen und es abzuschleppen.

Schnäppchen sind verführerisch, ganz gleich, ob es sich um Flugmeilen oder um Gutscheine für die Sonntagszeitung handelt. Irgendwie trennt uns der Einkaufsnahkampf von denjenigen Kunden, die geruhsam vor dem Fernseher sitzen und zuschauen, wie Diane von Fürstenberg einen Schal auf fünfzehn verschiedene Arten drapiert, um dann letztendlich den Teleshopping-Sender anzuklicken und fünf Stück zu bestellen.

Auf diese Art einkaufen ist, als würde man behaupten, im Krieg gewesen zu sein, wenn man in Wirklichkeit nur die Kinder des Generals zu ihren Pfadfindertreffen gefahren hat.

Ich bin kein Mensch, der von zu Hause aus einkauft. Zwanzigminütige Reden über die Vorzüge einer ledernen Geldbörse aus Aalhaut und halbstündige Vorträge über die positiven Auswirkungen eines Amuletts auf mein Leben lassen mich absolut kalt.

Einkaufen via Bildschirm im Vergleich zu Kampf und Getümmel ist, als würde man beim Tennisspiel von der Tribüne aus zuschauen, anstatt auf dem Centercourt mit Andre Agassi selber zu spielen.

Ich liebe Schnäppchen; und wenn ich einen Flug zwischen zwei und drei Uhr nachts nehme, der noch dazu auf einen Mittwoch, während der Fastenzeit oder während der Monate, in denen die Austern Saison haben, fällt, bekomme ich einen Freiflug für meinen Hund. Ob er will oder nicht.

Es gibt eine Ziegenart mit einem äußerst seltenen genetischen Defekt. Wenn das Tier Angst hat oder erregt ist, erstarrt es und verfällt in ein todesähnliches Koma. Ich weiß, woran Sie jetzt denken. Doch, es paart sich durchaus, ganz ohne Probleme. Daraus läßt sich schließen, daß Sex weniger aufregend ist, als allgemein angenommen wird.

Eine Leserin schrieb einen Brief an die Briefkastentante Ann Landers mit der Frage, was sie tun solle, falls der verheiratete Mann, mit dem sie öfters das Bett teilte, einem Herzanfall erliegen sollte.

Können Sie sich vorstellen, wie die Chancen für einen derartigen Vorfall stehen? Er ist ungefähr so wahrscheinlich wie die Chance, daß der Papst Madonna zum Tanzen auffordert. Keiner will es zugeben, aber der Sex in den neunziger Jahren ist langweilig geworden.

Das Problem ist, daß der einst aktive Akt zu einem passiven Zuschauersport verkommen ist. Wir sehen zu, wie sich andere auf dem Bildschirm oder auf der Leinwand lieben. Wir wählen eine Telefonnummer, damit uns ein Wildfremder erzählt, was er mit uns machen würde, wenn er nicht mit anderen Sextelefonisten, seinen »Berufskollegen«, in einer engen Kabine säße, die ebenfalls jedes Wort vom Blatt ablesen.

Wir leihen uns Videobänder und warten gespannt darauf, was passiert, wenn die Stewardeß in vierunddreißigtausend Fuß Höhe die Toilettentür im Flugzeug hinter sich zuschließt.

Sexualverbrechen beherrschen die Zeitungen, und auch in Talkshows sind sie Thema Nummer Eins.

Wir blättern durch Hochglanzmagazine auf der Suche nach barbusigen Schönheiten und können es kaum erwarten, bis Miss Juli auf unserem Kalender erscheint.

Mit nackter Haut läßt sich heute alles verkaufen, vom Büstenhalter bis zum Bier.

Wie läßt es sich dann erklären, daß die heute Dreißigjährigen jeden Samstagabend zu Hause sitzen und sich bei einer Pizza ein geliehenes Video reinziehen?

Vorsichtsmaßnahmen und Risiken machen Sex in unseren Tagen so aufregend wie einen Spaziergang durch ein Minenfeld.

Ich habe noch keine Generation erlebt, die so viel für die perfekte Beziehung getan hat. Es gibt Selbsthilfegruppen für Bindungsunfähige, Kontaktbüros für Bindungswillige, die sich per Video anbieten, und meine Lieblingsspalte, die Bekanntschaftsanzeigen in der Zeitung, verfaßt in einer Sprache, die nur Eingeweihten verständlich ist. So hat beispielsweise ein MSF (Mann sucht Frau) oder eine FSM (Frau sucht Mann) etwa vierzig Anschläge zur Verfügung, um sich einen Interessenten zu angeln. Eigenschaften werden abgekürzt: NR heißt Nichtraucher, DF drogenfrei, GM geschiedener Mann, GF geschiedene Frau.

Vor kurzem las ich die Anzeige eines Offiziers im Ruhestand, der eine »attraktive, charakterlich gefestigte, häusliche Frau« zu finden hoffte – anscheinend weiß er nicht, wie unvereinbar diese Eigenschaften sind. Ein anderer war auf der Suche nach einer Partnerin, die mit ihm joggen und die Schönheiten der Natur genießen sollte. Meiner

Meinung nach wäre für ihn ein Hund genau das Richtige gewesen.

Diese Anspruchshaltung hat eine Generation von verstörten Müttern hervorgebracht, die vom zukünftigen Schwiegersohn oder der zukünftigen Schwiegertochter nur noch erwarten, daß er oder sie atmet. Denn Mütter sind erst dann zufrieden, wenn ihre Kinder vor dem Altar stehen und ihr Jawort geben zu einem Haus, das sie sich nicht leisten können, zu einem Auto, das die letzte Rate bestimmt nicht mehr erleben wird, und zu Kindern, die ihnen auch noch den letzten Nerv rauben. Erst dann können sie lächeln, die Füße hochlegen und wieder an ihr eigenes Leben denken.

Die Schutzheilige all dieser Mütter ist Königin Elizabeth II. Die Frau weiß Bescheid. 1947 begann ihre Ehe glanzvoll. Erwartet wurde von ihr lediglich, daß sie zehn Schlösser unterhielt, winkte, lächelte und für Nachkommenschaft sorgte. Sie hätte sich die Worte von Königin Charlotte, der Ehefrau von George III., zu Herzen nehmen sollen. Die soll nach der Geburt ihres fünfzehnten und letzten Kindes, das sie im Alter von achtunddreißig Jahren zur Welt brachte, gestöhnt haben: »Das Maß ist voll.« (Briten haben nun mal ihren eigenen Humor.)

Aber so leicht war es für Königin Elizabeth II. nicht. Wer es nicht glaubt, soll nur einmal versuchen, drei Söhne unter die Haube zu bringen, dazu mit einem Mann vorliebzunehmen, der stets einen halben Meter hinter einem geht, und darüber hinaus für eine verwitwete Mutter zu sorgen, die schon zum Frühstück einen Hut trägt, sowie eine Tochter zu ertragen, die mit dem Finger auf einen beleibten Gast im Buckingham-Palast deutet und ausruft: »Sind Sie wirklich so fett, wie Sie aussehen?«

Jedesmal, wenn sie eines ihrer Kinder unter der Haube

hatte, mußte sie der Zeitung entnehmen, daß ein anderes sich von seinem Partner getrennt hatte. Dabei hat sie sich die Hochzeit des Thronfolgers Prinz Charles wirklich etwas kosten lassen. (Gerüchten zufolge sollen allein die Oliven des Buffets an die vierzigtausend Dollar gekostet haben.)

Und dann hat sich der Prinz vor den Augen der Welt mit einer verheirateten Frau mit gräßlicher Dauerwelle eingelassen. Und die Königin, die ihr Leben eigentlich genießen sollte und sich ihrer Pflichten als Regentin schon längst hätte entledigen können, muß am Ende noch Steuern zahlen und ihre Goldmünzen wiederaufbereiten lassen.

Ich bezweifle, daß es im Tierreich derartige Probleme gibt. Natürlich haben einige Arten sehr ausgefallene Paarungsrituale, und auch hier gibt es Exhibitionisten. Die meisten aber paaren sich ohne alle Finessen.

Aber sogar die Tiere werden heute als Sexobjekte ausgebeutet. Im Zoo von San Francisco gibt es eine jährliche »Sextour« und im Anschluß daran ein Champagnerfrühstück. Also wenn Smokey, der Bär, ein Muskelprotz ist, soll's mir recht sein. Und wenn ein Pavian oben ohne herumstolziert, finde ich das auch okay.

Wir selber haben es bereits geschafft, dem Sex in unserem eigenen Bereich alles Geheimnisvolle zu nehmen, da müssen wir nicht auf das Tierreich zurückgreifen. Vor wenigen Jahren haben wir einem Löwen namens Fraser zugejubelt, weil er eine unglaubliche Anzahl von Sprößlingen gezeugt hat. Wäre er nicht gestorben, die Demokratische Partei hätte ihn als nächsten Präsidentschaftskandidaten aufgestellt.

Als mein Mann und ich in Afrika waren, haben wir eine ganze Herde von Weißschwanzgnus auf ihrer Wanderung beobachtet. Sie galoppierten in einer riesigen Staubwolke. Ein falscher Tritt eines einzelnen Tiers hätte katastrophale

Folgen für alle nachfolgenden gehabt. Während ich die Schärfe meines Fernglases regulierte, meinte ich, meinen Augen nicht zu trauen, als ein Männchen auf ein Weibchen sprang und eine schnelle Nummer abzog. Ich wandte mich an meinen Mann und bemerkte: »Tiere!«

Vor etwa zwanzig Jahren schenkte China den Vereinigten Staaten zwei Pandabären, Hsing-Hsing und Ling-Ling. Wissenschaftler folgten ihnen auf Schritt und Tritt und führten ihnen, in der Hoffnung auf das erste Pandabärenbaby in Gefangenschaft, Dias und Videos vor. Aber versuchen Sie mal, vor laufender Kamera ein Kind zu zeugen.

Wer schon über die Galapagos-Inseln gewandert ist, weiß, daß es einen direkten Zusammenhang zwischen der Zahl der Besucher und der Fortpflanzung der Vögel geben soll. Ihre Rituale werden gestört, die Vermehrung bleibt aus. Was für Touristen ein unvergessener, »auf Zelluloid gebannter« Augenblick ist, könnte sehr wohl zum Aussterben der Vögel beitragen.

Die Menschheit scheint eine Generation herangezogen zu haben, die sich alles erlaubt. Tu, was dir Spaß macht, und tu's gleich.

Ich denke oft an die Ziege mit dem genetischen Defekt. Was regt sie denn noch so sehr auf, daß sie von einer Sekunde zur anderen zu Stein erstarrt? Wenn es nicht der Sex ist, was ist es dann? Das Fressen vielleicht? Oder die Ankündigung des Weibchens: »Wir ziehen um!«? Wann es bei mir soweit wäre, weiß ich. Wenn nämlich jemand sagen würde: »Du liebe Güte, Ihr Haaransatz ist ja ganz grau.«

Schimpansen werden fünfunddreißig bis vierzig Jahre alt. Sehr alte Weibchen scheinen Anzeichen der Menopause vorzuweisen.

Aber welche Anzeichen? Muß man es sich etwa so vorstellen, daß ein Weibchen ein anderes grundlos vom Ast stößt? Oder daß es in Tränen ausbricht, falls die letzte Beere auf dem Baum verschrumpelt ist? Oder wacht es gar mitten in der Nacht auf und schreit: »Du kannst sagen, was du willst, Leroy, aber mein Pelzmantel wird immer dünner!«?

Meine Mutter drückte sich in Sachen Wechseljahre immer sehr vage aus. Als ich sie einmal fragte, was es damit auf sich habe, antwortete sie: »Dein Kinderkorb ist leer.«

»Ist das die medizinische Definition?« fragte ich.

»Das ist die Quintessenz.«

»Muß ich mir Sorgen machen?«

»Nur wenn du trockene Haut, Migräne, Jucken, Herzklopfen, Hitzewellen, Schweißausbrüche, Angstzustände, Nervosität, Schlaflosigkeit und ein Kribbeln unter der Haut nicht magst.«

Meine Großmutter sprach nur vom »Wechsel«. Nachdem ich die Vierzig überschritten hatte, ließen mich die beiden nicht mehr aus den Augen. Jedesmal, wenn ich sagte: »Könnten wir vielleicht die Küchentür etwas aufmachen und ein bißchen frische Luft hereinlassen? Der Backofen wirft eine Bombenhitze ab«, sahen sie sich bedeutungsvoll an; es war derselbe Blick, den sie getauscht hatten, als eine Kusine von einer Frühgeburt erzählte, die zwölf Pfund gewogen hatte.

»Vielleicht bist du schon in den Na-du-weißt-schon-was«, meinte meine Großmutter.

Mutter lächelte. »Du bist nicht mehr die Jüngste, weißt du.«

Ich hatte das Gefühl, als könnten es die beiden gar nicht erwarten, bis ich mich durch die Wechseljahre quälte.

Ich hatte weiß der Himmel genug am Hals, was mich frühzeitig in die Wechseljahre stürzen konnte. Ich brachte einem Teenager das Autofahren bei, der auf den Boden schauen mußte, damit er die Bremse traf, und meine Figur veränderte sich, als hätte jemand den »Abwärts«-Knopf gedrückt.

Als mich die Hitzewallungen überfielen, fror ich zum erstenmal, seit ich verheiratet war, nicht mehr. Meinem Mann geht es nämlich nur dann gut, wenn er nachts das Schlafzimmerfenster aufreißen kann und darunter einen Gletscher vorbeiziehen sieht.

Früher stritten wir unablässig, nicht nur über den Thermostat im Haus (ich regte die Herstellung eines Kryostaten = Kältemessers an), sondern auch über die Heizung im Auto.

Es ging mir einfach nicht in den Kopf, warum ich mich nicht ins kalte Auto setzen, die Heizung anmachen und dann gleich ein warmes Auto haben kann. Mein Mann erklärte mir haarklein in allen Einzelheiten, wie das System funktionierte, und meinte, in spätestens zwanzig Minuten wäre das Auto ja warm. Aber in zwanzig Minuten war ich längst am Ziel, also wozu dann überhaupt eine Autoheizung?

Ich wurde mit fortdauernden Hitzewallungen der erste Mensch, der das Einschmelzen überlebte: Ich zerschmolz im Laufe des Tages und der Nacht, und am nächsten Morgen machte ich wieder Frühstück.

Nach einem Besuch bei meinem freundlichen Gynäkologen fragte ich meine Mutter: »Was hältst denn du von einer Hormontherapie?«

»Du kannst dir den Schnurrbart natürlich auch überschminken.«

»Welchen Schnurrbart?«

»Den, den du bald kriegst, wenn du keine Hormone nimmst.«

»Welche Wahl bleibt mir dann überhaupt?«

»Du könntest zum Beispiel, wie wir anderen auch, überschnappen.«

Mit fünfzig haben sich meine Fortpflanzungsorgane endgültig zur Ruhe begeben. Meine biologische Uhr hatte aufgehört zu ticken wie eine Zeitbombe.

Das mit der biologischen Uhr ist nicht bloß Gerede. Sie existiert in Menschen und sie existiert in Mäusen. Das Zeitgen, das bei den kleinen Nagern zuerst isoliert und dann untersucht wurde, stellte sich als ein Kontrollgen heraus. Die Wissenschaft geht davon aus, daß es nur eine Frage der Zeit ist, bis sich daraus ein Mittel zur Bekämpfung von Jetlag, Hilfe für Nachtarbeiter und Behandlung von Schlafstörungen entwickeln läßt.

Die Frage ist, was dieses Gen für die in den sechziger Jahren Geborenen tun kann, also die, die sich in allerletzter Minute, bevor ihre körpereigene Uhr durch Östrogene ersetzt wurde, für ein Kind entscheiden.

Mit schuld an deren Optimismus, auch noch mit Ende Dreißig ein Kind zur Welt bringen zu können, sind Film und Fernsehen. Wie viele Filme haben Sie gesehen, in denen sich ein Matrose auf Landurlaub ein Mädchen anlacht, sie zu einer Tasse Kaffee einlädt, und neun Monate später wartet sie auf ihn am Pier mit einem Baby auf dem Arm?

Viele junge Frauen warten mit dem Kinderkriegen, bis sie Karriere gemacht haben, ihr Traumhaus besitzen, ihre Ehe so spannend ist wie ein ausgeleiertes Gummiband und ihre Dauerwelle herausgewachsen ist.

Heute kann eine Frau während einer Besprechung verkünden, daß sie jetzt nach Hause geht, um ein Kind zu zeugen und in genau zehn Monaten wieder auf ihrem Stuhl zu sitzen. Allerdings wird man dabei das Gefühl nicht los, sie könnte ebensogut einen Truthahn für Thanksgiving bestellen.

Etwas ältere Frauen haben aber die Erfahrung gemacht, daß es so nicht geht. Ein Kind wird dann gezeugt, wenn es gezeugt werden will. Trotz Retortenbabys, Spermienbanken, künstlicher Befruchtung und Adoption gibt es redlich erprobte Wege, schwanger zu werden.

Kaufen Sie sich einen sportlichen Zweisitzer, belasten Sie Ihr Haus mit einer Hypothek, die Sie nie aufbringen können, oder hungern Sie so lange, bis Sie Ihr Geburtsgewicht erreicht haben. Genau dann passiert es.

Manche Frauen machen es sich zusätzlich schwer, indem sie ihr Kind ohne Vater bekommen.

Das amerikanische Rennechsenweibchen lebt schon immer ohne Mann. Da sich Rennechsen durch Jungfernzeugung, das heißt durch unbefruchtete Eier fortpflanzen, brauchen sie auch gar keine Männchen.

Die Anzahl möglicher Antworten der heutigen Generation auf spätere Fragen ihrer Kinder wie »Woher komme ich, Mama?«, beschäftigt mich schon lange.

»Vom Reagenzglas Nummer 176 in Buffalo, New York« bis zu »Du wurdest aufgetaut«, wird alles vertreten sein.

Wie die meisten Frauen meiner Generation bin auch ich

furchtbar gespannt darauf, wie diese Frauen mit den Wechseljahren umgehen werden. Wenn sie mit Kinderkriegen beschäftigt sind, werden sie wohl gar keine Zeit dafür haben. Wenn sie die Wechseljahre aber verschieben, werden sie sie später wahrscheinlich für erste Anzeichen des Alters halten und den Pflegedienst anwählen.

Viele Tiere sind Zugvögel und folgen der Sonne. Krähen, amerikanische Paperlinge, Gänse und Enten ziehen in Scharen nach Süden. Und selbst Schmetterlinge, die normalerweise die reinsten Einzelgänger sind, schließen sich auf ihrer Reise nach Florida, Mexiko oder die Halbinsel Monterey zusammen.

Menschen, ganz gleich welcher Rasse und Farbe, verspüren ebenfalls einen Drang zur Sonne. Auf ihrem Weg dorthin kann sie nichts aufhalten – weder drei aufsässige Kinder, die sich um zwei Fenster im Auto schlagen, noch quietschende Hotelbetten, noch ein Hamburger für acht Dollar, von dem das Kind die Gurke herunterreißt und den Rest stehen läßt.

Ich habe den größten Teil meines Lebens in Ohio verbracht. Der einzige Lichtblick in diesem düsteren Dasein waren die zwei Wochen Ferien in der Sonne Floridas. Frauen, die nicht berufstätig waren, hielten neun Monate im Jahr in ihren Häusern Winterschlaf. Es gibt Untersuchungen über die Auswirkungen trüber, dunkler Tage auf den Menschen; die Ergebnisse dieser Untersuchungen sind wahrlich kein Lichtlick. Wir neigen dann nämlich dazu, so lange unablässig zu futtern, bis wir auch unserer Schwangerschaftsunterwäsche entwachsen sind. Na und? Die Sonne Floridas ist ja noch sieben Monate weit weg.

Wir werden träge, und mit der Trägheit verlangsamen

sich Stoffwechsel und Pulsschlag; wir schlafen viel, unsere Atmung wird flacher.

Einige von uns verlegen sich aufs Basteln. Lange bevor die erste Klebstoffspritzpistole erfunden war, zauberte ich Weihnachtsschmuck aus gläsernen Tablettenröhrchen, Serviettenringe aus Knöpfen und Tischfeger aus halbierten Papptellern.

Nur Menschen überleben die Winter im Mittleren Westen. Die Pflanzen sterben, die Straßen brechen auf, und die Vögel ziehen nach Süden oder lassen sich auf Kreuzfahrtschiffen nieder.

Aber dann sind es nur noch fünf Monate bis Florida.

Kleinigkeiten bringen einen aus der Fassung, und man weint viel. Wenn mir die Hefe ausgeht, bin ich todtraurig. Ich lese jedes Fitzelchen Papier, das mir ins Haus flattert, und abonniere die einzige Zeitschrift, die ich noch nicht habe: das Schneckensammlermagazin. Jeden Tag kratze ich das Wort *Hilfe* auf die vereisten Fensterscheiben unseres Hauses.

Es ist eine echte Herausforderung, diese Zeit sinnvoll zu verbringen. Ich alphabetisiere das Fleisch im Gefrierschrank, wähle die Zeitansage, nur um eine menschliche Stimme zu hören, und bringe den Hund zur Totaloperation in die Tierklinik.

Nur noch drei Monate, bis ich die Sonne wiedersehe.

Jetzt beflügelt mich die Phantasie beim Kochen, jeder Tag wird gefeiert. Am Jahrestag des Untergangs der Titanic forme ich die Buletten zu kleinen Eisbergen. Ich probiere alle Rezepte auf der Fertigteigschachtel aus – an einem Tag. Ich suche meine Sommerkleidchen auf dem Dachboden auf. Und dann, eines Tages, ziehen die dunklen Wolken weiter, und ein erbärmlicher Sonnenstrahl bahnt sich seinen Weg durch die Fenster.

Der Frühling ist da. Zeit, nach Florida zu fahren.

Meine Lebensgeister erwachen. Vor allem brauche ich neue Unterwäsche und Badeanzüge. (Als würde jemand, den ich nie im Leben gesehen habe und nie im Leben wiedersehen werde, mit dem Finger auf mich zeigen und sagen: »Diese Tante trägt doch tatsächlich den gleichen blau-weiß gemusterten Badeanzug wie letztes Jahr.«) Und dann hübsche leichte Sachen, die man über die Badeanzüge streift, um die Haut vor der Sonne zu schützen.

Da die Sonnenempfindlichkeit der Haut bei jedem verschieden ist, müssen natürlich für jeden Hauttyp entsprechende Sonnencremes gekauft werden, darüber hinaus dunkle Sonnenbrillen zum Schutz der Augen. Jeder Sonnenanbeter braucht einen Hut, um auch Kopf und Gesicht vor der Sonne zu schützen.

Angesichts unseres alterschwachen, klapprigen Autos, der niedrigen Toleranzschwelle der Eltern und der Blasenschwäche der drei Kinder auf dem Rücksitz, dauert die Reise drei volle Tage.

Während wir durch Fort Lauderdale kurven, ertönen die ersten Rufe von hinten: »Bitte schaltet die Klimaanlage ein. Wir schmelzen hier hinten.« Noch bevor die Sonne im Zenit steht, sind die Sonnenblenden unten, werden Hemden vor die Seitenfenster gehängt, um die Strahlen abzuwehren.

Für einhundertachtzig Dollar am Tag mieten wir uns ein Zimmer, das mit einer Muschel als Waschbecken und einem sandfarbenen Teppich ausgestattet ist. Unsere erste Tat besteht darin, die Vorhänge zuzuziehen, damit die Sonne draußen bleibt.

Nachdem wir ausgepackt haben, werfen wir uns in unsere Badeanzüge und Badehosen, vergessen aber nicht Kleid und Hemd zum Drüberziehen, setzen unsere Hüte und die dunklen Sonnenbrillen auf, vor allem aber schmieren wir uns dick mit Sonnencreme ein.

Fast ein Jahr lang hatten wir auf diesen Augenblick gewartet, und jetzt lauten meine letzten mahnenden Worte an die Kinder: »Bleibt nicht zu lange in der Sonne, sonst kriegt ihr einen Sonnenbrand!«

Da Wasser die Sonneneinwirkung verstärkt, entscheide ich mich für einen Liegestuhl aus Plastik in der Nähe des Swimmingpools – eingehüllt von Kopf bis Fuß, als sei ich als Mumie gerade einem Sarkophag entstiegen. Ich bedecke meine Augen und bitte einen Kellner, meinen Liegestuhl gegen ein Trinkgeld in den Schatten zu rücken.

Das alles wiederholt sich ganze zwei Wochen lang.

Eines der wenigen Tiere, das mehr Meilen sammelt als die meisten Bewohner des Mittleren Westens auf der Suche nach Sonne, ist die arktische Seeschwalbe. Sie fliegt nämlich jedes Jahr von der Arktis in die Antarktis und sieht deshalb in einem Jahr mehr Sonne als jedes andere Lebewesen. Sie kommt gut und gerne auf zweiundzwanzigtausend Meilen pro Jahr. Wenn sie allerdings ihre Jungen mitnimmt, wird ihr die Reise doppelt so lang vorkommen.

In Spanien, im Zoo von Barcelona, soll bald eine neue Spezies Lebewesen zu besichtigen sein: der Stadtmensch.

Der Städter wird in einem eingezäunten Gebiet leben, wo er während der Besuchszeiten bei allen seinen Taten zu besichtigen ist. Er wird von einem Zoowärter gefüttert werden. Im Gegensatz zu seinen Nachbarn in den Käfigen, den Schimpansen, wird der Städter Kleider tragen und seinen »Bedürfnissen« nicht vor aller Augen nachkommen.

Es kommt nur selten vor, daß der Homo sapiens in freier Wildbahn umherstreift. Wenn er in Afrika weilt, befindet er sich zwar in diesem Glauben, denn schon vor Antritt der Reise ersteht er einen Safarianzug zum Preis von zweihundert Dollar, und während der Safari haust er in einem Buschzelt. Nur die heiße Dusche vor dem fünfgängigen Menü, das auf weißem Tischtuch serviert wird, paßt nicht so ganz zum Überlebenskampf in der freien Wildbahn.

Für die meisten Menschen ist Dian Fossey eine Frau, die, weil sie mit einer Gruppe von silberhaarigen Gorillas ausgelassen im Gras herumtollte und Grunzlaute von sich gab, die Grenze zwischen Mensch und Tier überschritten hat.

Tiere versuchen im allgemeinen nicht, den Menschen auszubeuten und ihn in ihre Spezies einzugliedern.

Wenn dies doch nur auch für die Menschen gelten würde.

Wir haben den zweijährigen asiatischen Elefanten Benny zur Eröffnung eines Baseball-Freundschaftsspiels den ersten Ball aufschlagen lassen und ihn zu diesem Anlaß mit dem Oakland-Dreß kostümiert.

Ein Farmer in Ontario war der Meinung, seine Kühe könnten einen größeren Beitrag zur Gesellschaft leisten, als nur Milch zu geben. Er kam auf die glorreiche Idee, sie für fünfhundert Dollar pro Jahr als Reklametafel zu vermieten. Warnung: Wenn Sie allergisch gegen Wortspiele sind, sollten Sie folgende Eigenwerbung des Farmers vielleicht besser nicht lesen.

»Sahnen an Ihrer Stelle andere ab? Haben Sie die Absicht, den Markt ab jetzt selbst zu melken? Wenn ja, dann wird es Zeit für die Mediakuh!«

Er sagte, er sei derzeit auf der Suche nach dünnerem Plastikmaterial, um seine Kühe einzukleiden, außerdem solle das Material bei Nacht leuchten.

Ein anderer Unternehmer stellt Kosmetik für Pferde her. Er vertritt die Meinung, daß sich die Tiere wohler fühlen, wenn Haare und Hufe glänzen.

Marktwirtschaftlich gesehen spielen Tiere durchaus eine wichtige Rolle. Wir verpflichten Tiere für Film und Fernsehen und halten sie uns als Wachposten zum Schutz vor Einbrechern. Ich habe sogar eine Anzeige mit dem Text gesehen: »Uncle Sam braucht Ihren Hund.« Stimmt; die Hundeabteilung des Verteidigungsministeriums sucht tatsächlich gute Hunde, die eine Karriere beim Militär anstreben. Voraussetzungen sind: vier Beine, wenigstens ein Anteil Deutscher Schäferhund, ein Anteil Rottweiler und ein Anteil irgendeiner Kampfhundrasse.

Ein bis vier Jahre alt, männlich oder weiblich, wenigstens zweiundfünfzig Zentimeter Schulterhöhe und fünfundvierzig Pfund schwer.

Einwilligung des Besitzers erforderlich.

Und was ist mit der Einwilligung des Hundes?

Würde mir jemand von der Mußheirat eines Bulldoggenpaares erzählen, bei der die Braut in jungfräulichem Weiß und der Bräutigam in Frack und Zylinder erschienen sind, würde ich wahrscheinlich meine Dosis an Beruhigungstabletten erhöhen.

Bis man mir erklären würde, daß das Weibchen kurz vor der jährlichen Hundeschau künstlich geschwängert worden sei. Und zwar vom Pfarrer, der jedoch nicht erwähnt wurde. (Er hatte übrigens auch eine der Brautjungfern besamt.) Also – einer mußte ja für Ordnung sorgen und das Hundeweibchen heiraten.

Der Hundebesitzer hat dazu übrigens ganz richtig bemerkt: »Ich glaube, den Bräutigam läßt das alles ziemlich kalt. Er war vielleicht bei der Zeugung aufgeregt, aber das war's dann auch.« Typisch männlich, würde ich sagen.

Sollte Ihnen die Geschichte unglaubhaft vorkommen, was sagen Sie dann dazu, daß ein städtischer Angestellter in Stanfield, Oregon, eine alte Verordnung ausgegraben hat, die das Paaren von Tieren in der Öffentlichkeit verbietet? Die Zuwiderhandlung wurde mit Geldstrafen zwischen fünf und einhundert Dollar oder wahlweise zwei bis fünfundzwanzig Gefängnistagen belegt. Für die Besitzer wohlgemerkt, nicht für die Hunde.

Der Mensch kommt mit Tieren, so wie sie nun einmal sind, nicht zurecht. Er muß sie zähmen und zu Haustieren machen. Seinem Pudel legt er Windeln an, Elefanten kleidet er in Ballettröckchen, Fische steckt er in Aquarien, auf deren Grund kleine Schlösser stehen, um die Wartezimmer von Kinderärzten zu verschönern. Hühner tanzen für Mais,

Affen machen Salto rückwärts für Geld, und Katzen tanzen fürs Fressen. Tiere, die im Weißen Haus leben, können sich einen eigenen literarischen Agenten leisten und einen Bestseller schreiben.

Was die Ausbeutung anbelangt, kennt der Mensch keine Scham. Ein Regenwurm namens Willie (wir geben ihnen immer menschliche Namen) wurde von einem Mann erstanden, der ihn in Farbe tauchte und dann auf die Leinwand klatschte. Sobald sich der Regenwurm genug gewunden hatte, nahm er ihn von der Leinwand und tauchte ihn in eine andere Farbe. Auf diese Weise war der Regenwurm im Laufe von zwei Jahren an der Entstehung von zweihundert Bildern zum Preis von einhundert Dollar das Stück beteiligt. Ich vermute aber, sicher zu Recht, daß der Regenwurm keinen Pfennig davon gesehen hat.

In der Wildnis gibt es einen endlosen Zyklus von Leben und Sterben. Es beginnt bei der Schildkröte, deren Lebenserwartung bei einhundertachtunddreißig Jahren liegt, und endet beim eifersüchtigen Löwen, der sein Junges unmittelbar nach der Geburt auffrißt.

Trotz unserer Unfähigkeit, auch mit Hilfe modernster Medizin unser eigenes Leben zu verlängern, wenden wir unsere Fürsorge den Tieren zu. Was könnten wir bei ihnen verpfuschen?

Tierärzte sorgen sich um die Zahnhygiene der Tiere – (ich frage mich, ob der Regenwurm Willie eine Krankenversicherung für Zähne hatte) –, darüber hinaus um Magersucht bei Hunden, Übergewicht bei Vögeln und Atemwegserkrankungen bei Pferden.

Der letzte Schrei in der veterinärärztlichen Versorgung ist die Verschreibung der »Glückspille« Prozac gegen destruktives und asoziales Verhalten.

Auf der Titelseite des *Wall Street Journal* war zu lesen:

»Was für ein Glück, daß es Prozac gibt! Seitdem liebe ich selbst den Briefträger.«

Ehrlich gesagt kann ich nicht erkennen, ob ein Hund deprimiert ist oder nicht. Der Gesichtsausdruck von Hunden ist nur schwer zu deuten. Wir hatten einen Hund, der sich jahrelang weigerte, draußen Gassi zu gehen, schließlich hatten wir ja einen Teppichboden. Immer wenn er Gassi gehen mußte, hob er einfach das Bein an meinem Lieblingssessel.

Ich schleppte ihn zu einem Tierarzt, der sich mit Tierverhalten auskannte, und fragte ihn um Rat. Der Rat lautete: »Verkaufen Sie den Sessel.«

Um ehrlich zu sein, ich möchte meine Spezies nicht im Zoo vertreten, denn ausgestellt zu sein ist bestimmt keine einfache Sache. Die Zoobesucher bezahlen schießlich Eintrittsgeld. Dann stehen sie mit quengelnden Kindern, die lieber etwas essen und trinken wollen, vor dem Gitter und warten darauf, daß der hinter dem Gitter etwas tut.

Aber nicht alle Menschen sind sportlich veranlagt und können auf alten Autoreifen herumturnen. Dann hat das Publikum schon soviel Sex im Fernsehen genossen, daß es hier Sex auch nur als langweilig empfinden würde. Jemandem beim Nasebohren oder Essen zuzuschauen, reißt auch niemanden mehr vom Hocker. Ein bißchen Gewalt könnte noch mäßige Aufmerksamkeit erregen, aber auch davon gibt's mehr vor dem Käfig als drinnen.

Ich hoffe, daß dem Typ im Zoo etwas einfällt.

Die Wissenschaft hat sich mit einer Affenart, der südafrikanischen Meerkatze, wegen deren Kommunikationsfähigkeiten eingehend beschäftigt. Dabei hat man festgestellt, daß diese Affen über mindestens zehn verschiedene Laute verfügten, die auf unmittelbare Gefahr aufmerksam machen. So unterscheidet sich zum Beispiel ein Laut, der das Herannahen eines Löwen ankündigt, wesentlich von dem, der das Heranschleichen einer Schlange ankündigt. Alle Laute haben die beabsichtigte Wirkung.

Wir Menschen verfügen über zahllose Sätze, die dem anderen das Blut in den Adern gefrieren lassen. Im Folgenden nur einige davon.

»Wir können höchstens drei Wochen bleiben.«

Hausgäste sind eine ständige Bedrohung für diejenigen von uns, die im sonnigen Teil des Landes leben. Was es heißt, einundzwanzig Tage mit einem weiblichen Wesen zu verbringen, das so tut, als hätte es das Badezimmer gepachtet, und einem männlichen, das sich weigert, das Rauchen in der Wohnung aufzugeben, denn »ich könnte ja morgen von einem Auto überfahren werden« (womit kann ich nachhelfen?), kann sich sicher jeder vorstellen.

Insgesamt sind das einundzwanzig Tage mit dreiundsechzig Mahlzeiten und fünftausend Meilen mehr auf dem

Tachometer, denn man muß den Gästen ja mindestens einen Zoo, ein Kernkraftwerk und fünfunddreißig Andenkengeschäfte zeigen. Außerdem: Hausgäste teilen niemals die politischen Ansichten der Gastgeber, bevorzugen grundsätzlich andere Fernsehsendungen, haben andere Vorlieben beim Essen und gehen zu anderer Zeit schlafen.

Angeblich besuchte der ehemalige britische Premierminister Winston Churchill furchtbar gern den amerikanischen Präsidenten im Weißen Haus in Washington, weil er dort nachts, mit nichts als einer nicht brennenden Zigarre bekleidet, durch die Gänge wandern konnte.

Aber es handelte sich hier um ein großes Haus.

»Haben Sie Ihre Krankenversicherungskarte dabei?«

Man wird nicht etwa mit »Guten Tag, was fehlt Ihnen?« begrüßt.

»Ich verblute.«

»Stimmen Ihre Daten noch?«

Diese Frage muß man unbedingt beantworten, auch wenn man inzwischen verblutet. Wer die richtige Antwort gibt, bekommt ein Bett und die Zuwendung medizinisch ausgebildeter Menschen. Wer die falsche Antwort gibt, muß den Rest der ihm noch verbleibenden Lebenszeit damit zubringen, anderen Menschen zuzusehen, wie sich diese mit der Person hinter der Glaswand auseinandersetzen.

Die Entschuldigung dafür, seine Versicherungskarte nicht dabei zu haben, kann notgedrungen nicht die gleiche sein, die üblicherweise für fehlende Hausaufgaben herhalten muß: »Mein Hund hat draufgepinkelt.« »Mein Bruder hat seinen Kaugummi darin eingewickelt.« »Ein Wirbelsturm hat unser Wohnzimmer verwüstet.«

Man kann jedoch anstelle der Krankenversicherungskarte auch die Mitgliedskarte des Fanclubs von Paul Anka durch den Schlitz schieben. Da Krankenhauscomputer in dem Ruf stehen, alles durcheinanderzuwerfen, wird diese kleine List niemandem auffallen.

»Uns steht eine Steuerprüfung des Finanzamts ins Haus.«

»Es ist mir ganz gleich, welchen Ihrer Steuerberater Sie schicken, solange ich nur nicht allein diesen Hyänen ausgesetzt bin.«

Steuerprüfungen sind angsteinflößend. Ich wurde schon dafür zur Rechenschaft gezogen, daß ich die Besuche meiner Familie als außergewöhnliche Belastungen in der Rubrik Krankheitskosten abgesetzt hatte. Die Besuche haben mich tatsächlich krank gemacht. Ist das wirklich so schwer zu verstehen?

Wegen einer anderen Steuererklärung wurde ich vorgeladen, weil sich meine Ausgaben für Bewirtung auf ganze 22,95 Dollar beliefen.

»Das kann doch nicht stimmen. Sind Sie vielleicht Einsiedlerin?« wollte der Beamte wissen.

»Ich habe kein Geld für Firlefanz«, erklärte ich. »Eine Pizza für die sieben Personen, die rüberkommen, um sich bei uns ein Super-Bowl-Spiel anzusehen, ist das Höchste der Gefühle.«

Mein Mann macht sich immer Sorgen wegen meiner Buchführung. Bei mir gibt es überhaupt keine Buchführung. Er meint, wir würden wie der berühmte Sänger Willie Nelson enden, dessen Freunde schließlich gesammelt und Flohmärkte veranstaltet haben, um ihn vor dem Gefängnis zu bewahren. Sozusagen eine Bombeck-Hilfsaktion. Ich bin inzwischen der Meinung, wir sollten unsere Einnahmen direkt an das Finanzamt weiterleiten. Zu sehen bekommen wir ohnehin nie etwas davon. Das Finanzamt könnte uns dann eine Art Haushaltsgeld zukommen lassen. Von dieser Regelung würden beide Seiten profitieren.

»Haben Sie noch eine andere Kreditkarte?«

Der Alptraum eines jeden Besitzers einer solchen Plastikkarte. Sie stehen ganz vorn in der Schlange und reichen der Kassiererin Waren und Kreditkarte.

Sie bemühen sich nach Kräften, so gelassen wie möglich dreinzublicken, denn alles andere würde nur unnötigen Verdacht erregen. Sie starrt auf den Computer, als handle es sich um eine schlechte Tarockkarte und tippt weitere Zahlen ein. Inzwischen vermuten alle in der Schlange hinter Ihnen, daß Sie ein Scheckbetrüger sind oder Ihr Konto heillos überzogen haben, ohne Dispositionskredit.

Sie wühlen in Ihrer Tasche nach einer anderen Kreditkarte, dabei fällt Ihnen Ihr Rentenausweis auf den Boden (jetzt denken alle, daß Sie senil sind), dazu Ihr Allergiepaß und Ihre Kundenkreditkarte eines gehobenen Kaufhauses, die zwar seit mindestens einem Jahr ungültig ist, aber als Statussymbol fungiert.

Sie geben der Kassiererin eine zweite Kreditkarte, die Sie seit drei Jahren nicht mehr benutzt haben, und bereiten sich darauf vor, daß der Computer laut loslacht und fragt: »Ich soll *was* tun?«

In dem Moment, in dem Sie sich zum Gehen wenden, kommt eine Angestellte auf Sie zu und bittet Sie mit herablassender Stimme, ihr ins Kreditbüro zu folgen. Aber lieber würden Sie an einem Gummiseil von Lincolns Warze auf Mount Rushmore herunterspringen.

Sie werfen einen Blick auf die Schlange, die Sie gebannt aus fünfzig Augen anstarrt. Und dann trösten Sie sich mit dem Gedanken, daß Sie keinen von denen je wiedersehen. Wahrscheinlich haben Sie sich auch da verrechnet.

»Würden Sie uns die Freude machen und ein paar Worte sprechen?«

Die größte Angst des Menschen ist, daß man ihn auffordern könnte, vor ein Publikum zu treten und ein paar Worte zu sprechen. Es spielt dabei keine Rolle, ob es sich um ein paar Worte bei einer Bar Mizwa oder einer Hochzeit, um das Dankgebet über einem toten Truthahn oder die Begrüßung des Fanclub-Präsidenten eines Kinderfernsehstars handelt. Die Aufforderung reicht jedenfalls aus, daß der Angesprochene dreimal tief durchatmen muß, um nicht ohnmächtig zu werden.

Zwischen dem Reden in der Öffentlichkeit und der Blasenfunktion besteht ein direkter Zusammenhang. Ich bin noch nie einem Redner begegnet, der den Beginn seiner Rede nicht dadurch hinausgezögert hätte, daß er noch ein allerletztes Mal die Toilette aufsuchte. Aus diesem Grund haben Redner auch immer ein großes Glas Wasser in Reichweite stehen. Sie sind nämlich ausgetrocknet. Wenn man zu einem Meer von Fremden spricht, die weder lachen noch fleißig mitschreiben, werden die Innenseiten der Lippen plötzlich so trocken, daß sie an den Zähnen haften bleiben, was die Äußerung von Lauten gänzlich verhindert.

Gelegentlich kommt es auch vor, daß ein Redner, wenn er einmal angefangen hat, nicht wieder zu bremsen ist. Glauben Sie jedoch nicht, er habe die Angst besiegt. Nein, er hat vielmehr das Gefühl, über seinem eigenen Körper zu schweben. Falls und wenn er wieder zur Erde zurückkehrt, bemerkt er, daß die eine Hälfte seiner Zuhörer sich lautstark mit der anderen Hälfte unterhält und einige wenige mit dem Wachs der heruntergebrannten Kerzen spielen.

Um den Verkauf eines Buches zu fördern, werden Autoren gebeten, aus dem Stegreif eine Rede zu halten. In einer Talkshow in Pittsburgh wollte ein anrufender Zuschauer wissen, was ich über Piraten denke. Ich gestand, daß ich mir nur selten Gedanken über Piraten mache. Wenn ich nach dieser Talkshow fünf Bücher verkauft habe, waren es viele.

»Es sind ja nur Haare. Sie wachsen nach.«

Hüten Sie sich vor Friseuren, die nicht zulassen, daß Sie in den Spiegel schauen, während Ihnen die Haare geschnitten werden. In der Regel dauert es nämlich Jahre, bis ein schlechter Schnitt rausgewachsen ist. Die Haare lassen sich nicht locken, und ebensowenig kann man sie mit Gel und Spray zähmen oder in Form bringen. Vielmehr stehen sie allmorgendlich in fünfzehn verschiedene Richtungen ab. Es bleibt Ihnen nichts anderes übrig, als nicht daran zu denken. Sie haben eben einfach ein schlechtes »Haarjahr«.

»Möchtest du nicht dein Enkelkind besser kennenlernen?«

Sollten diese Worte aus dem Mund Ihrer geschiedenen Tochter kommen, die mit einem Koffer und Flugtickets nach Kalifornien vor der Tür steht, ist äußerste Vorsicht geboten.

Denken Sie immer daran, daß ein siebenundfünfzigjähriger Körper zwar zur Mutterschaft fähig ist, aber sich die Nächte um die Ohren schlagen muß er deshalb noch lange nicht.

Der wahrscheinlich ernüchterndste Satz, den man sich vorstellen kann, ist der Ihres Sohnes oder Ihrer Tochter: *»Rate mal, was ich heute mache? Ich bin Gast in der Talkshow von Geraldo und spreche über meine verkorkste Kindheit.«*

In den ersten zwei Lebensjahren eines Kindes bringt man als Mutter jede wache Stunde damit zu, das Kind zum Sprechen zu bringen. Den Rest unseres Lebens zermartern wir uns das Gehirn, wie wir genau das wieder rückgängig machen können.

Während einer Routineuntersuchung stellte der Tierarzt fest, daß das Rückenfell des Dackels Buddy zunehmend dünner wurde. Der Arzt erklärte, daß Buddy wie die meisten »intakten (= nicht kastrierten) Männchen« aufgrund der Testosteron-Produktion an Haarausfall litt. Es wäre, so der Arzt, möglich, daß Buddy durch eine Kastration geholfen werden könne.

Welche Alternative!

Im Kampf gegen die Glatze wurde bereits jedes nur erdenkliche, wissenschaftlich auch nur halbwegs erprobte Mittel eingesetzt. Kaum eine Fernsehsendung, die nicht durch einen Werbespot unterbrochen würde, in dem Männern geraten wird, ihr Haupt neunzig Tage lang mit einer Spezialcreme einzureiben, Haarsamen auf ihren kahlen Stellen zu säen, um irgendwann vielleicht ein Haarbüschel zu ernten, oder aber Geld in ein Haarteil zu investieren, das gleichzeitig mit dem Träger aus dem Swimmingpool steigt.

Vor kurzem sah ich das Bild eines Mannes »vorher«, auf dem er als Glatzkopf zu sehen war, und »nachher«, auf dem er an einen schlecht getrimmten Chihuahua erinnerte.

Männer sind furchtbar empfindlich, was ihre Haarpracht, vor allem jedoch das Fehlen derselben betrifft. Mit gerunzelter Stirn stehen sie täglich vor dem Spiegel und zählen ihre Haare. Panik ergreift sie, wenn die Stirn nach hinten zu fliehen beginnt.

Wenn Männer feststellen, daß ihr Haarwuchs immer spärlicher wird, lassen sie sich als erstes einen Pferdeschwanz wachsen. Ein durch und durch männlicher Akt voll großer Bedeutung. Das heißt nämlich: »Ich habe noch Haar. Es wächst einfach in die falsche Richtung.« Andere lassen sich eine einsame Strähne von fast einem Meter Länge wachsen, die sie dann beispielsweise zu einem auf dem Oberkopf befestigten Dutt und das Ende als dünnen Pony tragen.

Glatzköpfige Männer ohne Phantasie tragen Schirmmützen zur Arbeit, auf Partys und auf Hochzeitsfeiern und hoffen, daß es keiner merkt.

Wenn es eine Umfrage unter Frauen zum Thema glatzköpfige Männer gäbe, wären die Männer höchstwahrscheinlich sehr überrascht. Ein Mann ohne Haare ist nämlich sexy. Ohne Haare kommen seine Augen, seine Haut und seine schönen Zähne, sofern er welche hat, viel besser zur Geltung. Falls der Mann nichts von alledem besitzt, sollte er sich als Skilehrer verdingen oder in einem Bereich arbeiten, in dem Helmpflicht herrscht.

Der berühmte Basketballspieler Michael Jordan hat sich um die Glatze sehr verdient gemacht. Ganze Basketballmannschaften haben ihre Schädel rasiert, »der Typ mit Haar« ist dort der Außenseiter.

Es gibt eine ganze Reihe interessanter Lösungen der Kahlköpfigkeit im Tierreich. Den Delphin-Look zum Beispiel, bei dem man nicht genau weiß, wo der Körper aufhört und der Kopf anfängt. Oder den Steppenhuhn-Look mit den kleinen Tupfen, der an die Freiheitsstatue an einem Regentag erinnert. Und natürlich den Pavian-Look, dessen Erfinder das Pech hatte, am falschen Ende kahl zu werden.

Wir Frauen haben uns schließlich und endlich damit abgefunden, daß »die Schwerkraft siegt«, oder man könnte auch sagen, wir haben uns dem Gesetz der Ausdehnung gebeugt. Da kann man weder handeln, noch läßt es sich aufhalten, noch einer Freundin abtreten. Man kann manches mit viel Geschick vielleicht ein wenig überspielen, aber im Grunde muß man lernen, damit zu leben.

Auch Männer werden begreifen müssen, daß »die Veranlagung« ihr Leben ganz wesentlich beeinflußt. Und daran ist so gut wie nichts zu rütteln.

Ich bin ein unverbesserlicher Optimist. Schließlich haben wir auch Pflaster entwickelt, um unsere Rauch- und Eßgelüste zu bekämpfen, für einen ausgeglichenen Hormonhaushalt zu sorgen, während der kritischen Tage eine Empfängnis zu verhüten, der Reisekrankheit vorzubeugen und, jawohl, den Testosteronspiegel anzuheben.

Ja, meine Lieben, das Leben ist voll von schweren Entscheidungen. Wollen wir tatsächlich eine Welt, in der wir auch mit einhundertundzwei Jahren noch eine Traumfigur haben, wenn wir uns gleichzeitig nie weiter als einen Meter von der nächsten Toilette aufhalten können? Oder eine gesundheitsstrotzende wallende Mähne, wenn uns andererseits nicht mehr die Bohne interessiert, wer mit der Hand darüberstreicht?

Aber es gibt noch eine andere Möglichkeit: Man rasiert sich den Schädel – und wird Basketballspieler!

Das Blatthühnchen verblüfft durch seine Fähigkeit, auf dem Wasser zu gehen. Aus diesem Grund wird es auch der Jesus Christus der Vögel genannt. Dabei geht es gar nicht auf dem Wasser, sondern hält sich mit Hilfe seiner extrem langen Zehen und Krallen an den im Wasser treibenden Pflanzen fest. Es gibt Männer, die sich seit Jahren des gleichen Tricks bedienen.

Mitte der neunziger Jahre hat eine Männerbewegung mit der geballten Kraft zweier aufeinanderprallender Marshmellows unser Land erschüttert. Sie hat außerdem zwei Bestseller hervorgebracht, Robert Blys *Eisenhans* und Sam Keens *Feuer im Bauch*. Der ganze Kreuzzug dauerte ungefähr fünfzehn Minuten. Im Grunde war es ein großer Reinfall, denn es gab nichts, das Männer brauchten, was sie nicht schon gehabt hätten. Es war, als würde Donald Trump eine Weihnachtswunschliste schreiben.

Wofür sollten sie kämpfen?

Für den gleichen Lohn wie Frauen?

Die Fünfundsechzig-Stunden-Woche?

Vierundzwanzig Stunden Mutterschutz?

Einige dieser männlichen Aktivisten besuchten tatsächlich Wochenendseminare, wo sie neben dem Schlagen der Trommeln auch etwas über Bonding und Netzwerke lernten. Mit Ausnahme der Sendung *Saturday Night Live* hat kein Mensch von dieser Eintagsfliege Notiz genommen.

Wer männlich geboren wird, sei es im Menschen- oder Tierreich, hat es nicht nötig, um Gleichberechtigung zu kämpfen. Eine Löwin kennt ihre Rolle ebenso gut wie eine Vorstadthausfrau. Beide kümmern sich um das Essen, führen den Haushalt und liefern die Kinder. Die Männer liefern den Sex. Wenn ein Gorilla rülpst, heißt das, daß er zufrieden ist. Für Männer gilt das gleiche.

Die Grundlage der Männerbewegung war der Umstand, daß die Männer der fünfziger Jahre Gewohnheitstiere geworden waren. Sie gingen zur Arbeit und sorgten für ihre Familie, liebten angeblich Fußball, bastelten an ihren Autos herum und bauten am Wochenende eine automatische Garagentür ein. Daß bei derlei Lebensumständen die Beschäftigung mit den Kindern und die männliche Präsenz an sich zu kurz kam, versteht sich von selbst. Sie fühlten sich von den Frauen bevormundet. Sie waren keine glücklichen Krieger.

Die Männer machten sich also an die Lösung des Problems. Sie verordneten sich ein männliches Klimakterium. Das bedeutete, daß sie in der Lebensmitte Kontaktlinsen und eine neue Frisur brauchten, eine goldene Kette um den Hals und sündhaft teure Sonnenbrillen trugen, daß sie sich im Fitneßstudio einschrieben und ihre Frauen für ein halb so altes Mädchen verließen. Das brachte ihnen die Verpflichtung zu Unterhaltszahlungen und eine Wohnung ganz für sich allein ein. Statt wie bisher die Kinder allabendlich zu sehen, traten nun zweiwöchentliche Besuchsrechte in Kraft.

Männer unterschieden sich nun in nichts mehr von männlichen Elefanten, Ottern, Schildkröten, Walen, Haien, Grizzlybären und Geparden, um nur einige Rassen zu nennen: Sie alle schwängern ein weibliches Wesen, und dann heißt es: »Sayonara, Baby.«

Manche Männer, die ihre Familien verließen, verstanden ihre Kinder wie ungeübte Bäcker das Backen von Waffeln. Die in der ersten Ehe gezeugten Kinder waren sozusagen ein Probelauf. Dann kam der in der zweiten Ehe gezeugte Nachwuchs, der nun bestens geriet. Ihre jungen Frauen verhalfen ihnen zu einer neuen Familie – aber diesmal war alles anders.

Die Kinder wurden mit goldenen Löffeln im Mund geboren. Was für ein toller Hecht mußte man doch sein, daß man in diesem Alter dazu noch fähig war. Die »neuen« Väter trugen die Fotos ihrer Kleinen wie olympische Goldmedaillen mit sich herum. Sie verfügten jetzt auch über genügend Zeit und Geld, um sich mit den Kleinen zu beschäftigen. Über die Zwei- und Fünfunddreißigjährigen aus erster Ehe, die sie gerade zum fünffachen Großvater gemacht hatten, sprachen sie nur selten.

In der Zeit der Männer- und Frauenbewegungen schlugen Beziehungen seltsame Wege ein. Endlich durften Frauen Mitglied im Rotary Club werden; Männer hingegen durften Mieten für Häuser bezahlen, für die sie nicht einmal Schlüssel besaßen.

Frauen betätigten sich als Immobilienmaklerinnen und Handelsreisende in Sachen Kosmetik, Männer durften als Pfleger Bettschüsseln leeren und als Betreuer im Kindergarten arbeiten.

Aber nicht alles hatte sich verändert. Frauen sorgten nach wie vor dafür, daß das Toilettenpapier nicht ausging. Für sie war es auch Ausdruck ihrer Liebe, das Essen zu kochen, den Kindern bei den Schulaufgaben zu helfen, die Wäsche zu waschen, die Pausenbrote zu schmieren, die Betten zu beziehen und im Büro zu fehlen, weil ein Kind krank zu Hause lag.

Der Mann durfte immer noch auf dem Wasser wandeln.

Er konnte Autos reparieren, quietschende Türen zum Schweigen bringen, mit seinen Rechenkünsten glänzen, beim Tennis alle anderen aus dem Feld schlagen und äußerst glaubhaft versichern, daß alles wieder gut werden würde.

Er besaß einen Keller voller Werkzeuge, die er wie medizinische Instrumente handhabte. Ein Haushaltsbuch war für ihn ein Buch mit sieben Siegeln. Eigentlich hatte er auch Angst vor Schlangen, weinte während des Bambi-Films, aber angeblich war ihm nur das Salz vom Popcorn in die Augen gekommen, und es konnte schon passieren, daß er bei einem Mietauto statt der Handbremse den Hebel für die Motorhaube betätigte.

Es gab immer noch Männer, man konnte es in den Fernsehserien sehen, die in ihrem Haus die Herren und Meister waren, deren Wort Gesetz war und die ihren Frauen einredeten, sie könnten nie Karriere machen. Die sich in einem abbruchreifen Haus wie Schloßbesitzer aufführten und sich an den – selbstverständlich von ihren Frauen – gedeckten Tisch setzten. Die ihren Frauen großmütig etwas verziehen, was gar nicht diese, sondern vielmehr sie selbst zu verantworten hatten.

Clarence Thomas, der Senator, der wegen sexueller Belästigung in die Schlagzeilen geriet, wandelte ebenso auf dem Wasser wie die Männer, die ihn auf die Richterbank des Obersten Gerichtshofs brachten.

In den neunziger Jahren wurde der Ausdruck »Quality Time« geprägt. Verglichen mit welcher anderen Zeit weiß niemand, aber es war genau die Zeit, die die Männer mit Vorliebe ihren Kindern angedeihen ließen.

Die weibliche Spitzmaus lebt in einer durch und durch sexistischen Welt, sie gebiert alle vier Monate ein halbes Dutzend Junge und entrinnt in dem Bemühen, die Mäuler der anderen zu stopfen, oftmals selbst nur knapp dem Hungertod.

Die männliche Spitzmaus kümmert das alles nur sehr wenig, wenn überhaupt. Der Mäuserich läuft durch Wiesen und Wälder, höchstwahrscheinlich auf der Suche nach dem Helden in sich.

In der Regel befördert ihn die weibliche Spitzmaus schließlich ins Jenseits.

Im Reich der Tiere gesellt sich Gleiches zu Gleichem. Man paart sich in der Regel mit der Spezies, die so aussieht und sich so verhält wie man selbst.

Obwohl es schwer zu glauben ist, verhalten sich die Menschen ähnlich. Studien haben gezeigt, daß sich Ehepartner dem Aussehen nach tatsächlich gleichen. Man spricht in diesem Fall von natürlicher Auswahl.

Ich höre bereits die Entrüstungsschreie von Frauen: »Also, das ist ja unerhört. Glauben Sie vielleicht, ich sähe einem Dreitagebart mit Zahnstocher zwischen den Zähnen und Hängebauch ähnlich?« Das sind Äußerlichkeiten. In Ihrer genetischen Struktur sind Sie dem Säugetier, das Sie geheiratet haben, ziemlich ähnlich. Wie viele Frauen kennen Sie, die mit einem Neandertaler verheiratet sind? (Okay, ein halbes Dutzend – höchstens.)

Gemischte Ehen sind schwierig. Selbst im Tierreich. Ein Elch namens Joshua (wer gibt den Tieren bloß immer die Namen?) hatte sich in den achtziger Jahren in eine Kuh aus Hereford in Vermont verliebt. Die heiße Affäre kühlte jedoch merklich ab, als der Elch nicht nur sein Geweih, sondern auch seine Libido verlor. Wenn Ihrem Mann plötzlich alle Haare ausgehen und gleichzeitig seine Libido merklich nachläßt, Sie würden ihn doch wie eine heiße Kartoffel fallenlassen und schnell jemanden Ihresgleichen heiraten.

Mitunter ähneln sich Tier- und Menschenmännchen auch in der Werbung um ihre Angebetete. Ein Adelu-Pinguin wandert beispielsweise zweihundert Meilen bis zu den Felsen, wo die Weibchen nisten. Dort angekommen, läßt er vor einem der Weibchen einen Stein fallen, und wenn die Dame ihn mit einem Kopfnicken annimmt, ist dies das Startsignal zur Paarung.

Das ist bei uns nicht anders. Ein Mann überreicht uns einen Brillantring, den wir schätzen lassen. Ist der Stein soviel wert, wie wir uns vorgestellt haben, erhören wir ihn.

Ein männlicher Skorpion legt seiner Angebeteten eine beträchtliche Menge an Nahrung zu Füßen, bevor sie ihn erhört. Alleinstehende Frauen wissen seit langem, daß es so etwas wie eine unverbindliche Einladung zum Essen nicht gibt.

Das Verhalten des menschlichen Raubtierweibchens bei der Eroberung eines Mannes ist schon lange Gegenstand wissenschaftlicher Untersuchungen. Man hat festgestellt, daß ein auf Raubzug befindliches Menschenweibchen zweimal so oft die Toilette aufsucht wie ein bereits verheiratetes – natürlich um auf sich aufmerksam zu machen. Zudem kann sie schon auf dem Weg durch das Lokal eine erste Grobauswahl der Beute treffen. Sie bewegt sich locker, zuckt oft mit den Achseln, natürlich zum Zeichen ihrer Harmlosigkeit. Ihre Ausgelassenheit und ihr kindlich mädchenhaftes Verhalten während der Kennenlernphase erinnert an das der grauen Wölfin.

In anderen Dingen unterscheiden wir uns dagegen ganz wesentlich. So formt zum Beispiel der Biber kleine Schlammpakete, die er dann, parfümiert mit seinem eigenen Urin, an entsprechender Stelle plaziert, um seine Angebetete anzulocken. Es grenzt an ein Wunder, daß Biber noch nicht ausgestorben sind.

Ob ein Männchen »Ausdauer« besitzt, zeigt sich am Werbungstanz. So kennt der Albatros acht verschiedene Schritte.

Als ich das hörte, wußte ich, daß meine Ehe ein Flop ist. Schon bei unserer Hochzeit, während das Orchester »Our Love is Here to Stay« spielte, ließ sich mein Bräutigam fünfzehn Minuten Zeit, um seinen Frack zuzuknöpfen. Eigentlich hätte ich bereits damals erkennen sollen, daß der Mann zwei linke Füße hat.

Die Steine ... die verliebten Blicke ... die Abendessen ... nichts von alledem spielte eine Rolle. Ich habe schon Männer gesehen, die, obwohl sie Cowboyhüte so groß wie Satellitenschüsseln tragen und aussehen, als könnten sie nicht bis drei zählen, die ganze Nacht keinen einzigen Tanz auslassen. Sie beherrschen auch die schwierigsten Schritte und schwingen und wirbeln ihre Partnerin nur so übers Parkett. So einen Mann hätte ich heiraten sollen.

Vor nicht allzu langer Zeit spielte das Orchester einen einfachen Walzer. Ich fragte meinen Mann: »Wollen wir tanzen?«

»Das ist doch nur so eine Modeerscheinung«, antwortete er. »In zehn Jahren tanzt kein Mensch mehr.«

»Das hast du von Rindfleisch und elektrischem Strom auch gesagt.«

Am besten gefällt mir die Art, wie die Laubenvögel in Neuguinea und Australien um ihre Angebetete werben. Sie bauen aus Dosenverschlüssen, Fischködern, Gräsern, Zweigen, Plastikschlappen, Spangen und vielem anderen, was der Mensch weggeworfen hat, phantasievolle Nester. Ein Laubenvogelweibchen weiß, worauf sie sich einläßt: auf ein luxuriöses Heim ohne Hypothek.

Den Antrag meines ersten Verehrers, der ein handwerkliches As war, habe ich in meinem jugendlichen Leichtsinn ausgeschlagen. Das volle Ausmaß dieses Leichtsinns dämmerte mir erst, als mein Mann den Sicherungskasten in unserem ersten Haus gefunden hatte. Man hätte meinen können, Indiana Jones wäre auf den verlorenen Schatz gestoßen.

Ich kenne nur wenige Paare, die nach der Hochzeitsreise direkt ihr Traumhaus beziehen. Zunächst müssen sie nämlich den ersten Ehetest bestehen, der da heißt »Einrichtung«. Frisch Verheiratete hegen grundsätzlich unterschiedliche Vorstellungen davon, wie ein Haus eingerichtet werden soll und was praktisch ist.

Für den Mann ist ein Nagel in der Wand, an dem etwas aufgehängt werden soll, wie die Vergewaltigung einer Jungfrau.

Er stellt den häßlichsten Schaukelstuhl am liebsten so, daß er bei der geringsten Bewegung gegen die Wand stößt, daneben Leselampe und Beistelltisch – das alles exakt zwei Meter vom Fernseher entfernt.

Die Fernbedienung für den Fernseher ist am besten in den Stuhl eingebaut.

Das Klavier wird am Umzugstag in eine Ecke gestellt, aus der es sich nie wieder fortbewegen wird.

Niemals darf Licht in einem Raum brennen, in dem sich gerade niemand aufhält.

Eine Ehe wird viel spannender, wenn diese Regeln regelmäßig in Frage gestellt werden.

Ich möchte der Theorie widersprechen, daß sich Ehepartner im Laufe eines langen Ehelebens immer mehr ähneln, obwohl mich ein Bild, das ich vor ein paar Jahren in der Zeitung gesehen habe, bis heute verfolgt. Es war das Foto eines Ehepaares am Tag seiner goldenen Hochzeit.

Sie schauten geradeaus, ihre Schultern berührten sich nicht. Beide hatten kurzes, schütteres Haar, unter dem bereits rosa die Schädeldecke durchschimmerte. Beide hatten eine glatte Haut. Wenn sich der eine oder der andere drei Wochen lang nicht rasiert hätte, wäre es niemandem aufgefallen. Beide hatten Tränensäcke unter den Augen, beide die Arme über der Brust gefaltet, die in beiden Fällen etwa gleich groß aussah. Seine Oberkörpermuskeln waren erschlafft, ihre Brüste hingen. Beide trugen Brillen mit Goldfassung. Keiner von beiden war geschminkt.

Sie hatten sich in ein und dieselbe Person verwandelt.

Wenn das nicht beängstigend ist! Es wäre ja vielleicht halb so schlimm, wenn man mit Tony Curtis verheiratet wäre, aber das kommt doch ziemlich selten vor.

Im Tierreich ist die Einehe selten. Bei den Menschen ist sie noch seltener. Wenn sich die Dohle einen Partner sucht, verbringt sie mit ihm den Rest ihres Lebens. Ihre Ehe dauert nicht selten bis zu fünfundsechzig Jahre. Auch Schwäne verbringen das ganze Leben mit ein und demselben Partner, ebenso Koyoten und Goldadler.

Am anderen Ende der Skala finden wir Tiger, die jeweils nur zwei bis drei Tage zusammen sind, dafür aber über einhundertsechzigmal. Die Einkaufsliste, die bei mir am Kühlschrank hängt, bekommt da plötzlich eine ganz neue Bedeutung; sie heißt: »Was bei uns fehlt!«

Gestern habe ich in den Spiegel geschaut. Er zeigte mir eine Frau, die aussah, als hätte sie gerade einen Schwergewichtskampf hinter sich.

Wäre ich denn dumm genug, eine Frau zu heiraten, die aussieht wie ich? Erst wenn der Papst karierte Hosen trägt.

Der Mensch ist die einzige Kreatur, die das Geschenk des Lachens besitzt; und ist er nicht auch der einzige, über den es sich zu lachen lohnt?«

Fulke Greville

Das obige Zitat hatte es mir angetan – bis zu dem Tag, als ich mich mit meinen einhundertfünfzig Pfund in eine Strumpfhose Größe S hineinzuzwängen versuchte und mein Hund laut loslachte. Die Zunge hing ihm heraus, Kiefer und Zähne waren entblößt, und ich glaube, er schnaubte sogar durch die Nase. Dadurch war der erste Teil von Grevilles Zitat ad absurdum geführt. Seitdem frage ich mich jedesmal, wenn ich ein Meerschweinchen sehe: Worüber lacht es? Krokodile tragen ein Lächeln zur Schau, wie es mir oft bei Rechtsanwälten auffällt. Und Hyänen lachen sich auch beim Anblick der letzten, verfaulten Überreste eines Kadavers fast kaputt.

Es gibt viele Tiere im Showbusiness. Lippizaner tänzeln auf den Hinterbeinen, und Bären posieren für Fotos. Aber das sind Dressuren. Man kann jedem Affen eine Windel anlegen und ihn dann auf ein Dreirad setzen.

Die Frage ist, ob es im Tierreich echte Komiker gibt. Wäre auch nur ein einziges Tier eine echte Konkurrenz für Jerry Lewis?

Der Tierbändiger Bobby Berosini beteuert, daß er seine Orang-Utans nicht dressiert oder abrichtet. Von dem Moment an, wo die Affen die Bühne betreten, bestimmen sie den Verlauf der Show. Sie kommunizieren mit dem Publikum ganz nach Belieben und tauschen hin und wieder gar die Rollen.

Ihre Show ist ein voller Erfolg, und das zweimal pro Abend an sechs Tagen der Woche und vor fünfhundert Zuschauern. »Man hat das Gefühl, fünf dressierten Autoren zuzusehen«, meint Berosini, »obwohl ihr Humor manchmal etwas derb ist.«

Die heutigen Komiker (männliche sowie weibliche) haben drei Standardthemen in ihrem Repertoire: Essen im Flugzeug, Sex und Abmagerungskuren.

Im Vergleich dazu sind die Orang-Utans ziemlich konservativ. Sie bieten eine Show fürs Auge. Wie in Clint Eastwoods Film *Der Mann aus San Fernando*. Darin richtet Clint zuerst den Blick und dann den Finger auf einen Affen und sagt: »Peng! Peng!«, woraufhin das Tier wie ein Stein zu Boden geht.

Humor so zum besten zu geben, daß er die Grenzen der Sprache überschreitet, ist nicht einfach. Die längste Nacht meines Lebens war die, in der ich mir in Rio eine Unterhaltungssendung auf portugiesisch ansah.

Nicht jedes Tier ist ein Komiker, davon bin ich fest überzeugt. Irgendwann sah ich mir im Fernsehen eine Werbesendung für Katzennahrung an, in der ein Kater mit gestreiftem Mäntelchen, Zylinder und Spazierstock auftrat. Der Kater hat kein bißchen gelächelt. Er sah vielmehr so aus, als wolle er, sowie der Regisseur »Cut« gerufen hatte, seinen Agenten anrufen und sich beschweren. Wenn ich's mir recht überlege, habe ich noch nie eine lächelnde Katze gesehen. Dafür sind Katzen viel zu gleichmütig.

Als ich für »Good Morning America« arbeitete, kamen wir auf die glorreiche Idee, daß ich mir zusammen mit Morris, dem höchstbezahlten Kater im Fernsehen, Andrew Lloyd Webbers Musical *Cats* ansehen könnte. Ein Knüller sozusagen.

Morris schien jedoch alles andere als begeistert. Er blickte so gelangweilt drein, daß selbst ein Blinder sehen mußte, daß er lieber ganz woanders gewesen wäre. Wir bekamen großartige Plätze, ich überließ dem Tier den Gangplatz. Sein Betreuer hatte mir erklärt, daß Morris nicht schwer genug sei, um den Sitz unten zu halten, deshalb mußte ich mit dem Knie nachhelfen.

Jedesmal, wenn jemand an uns vorbei wollte, stand ich ganz instinktiv auf, und Morris rutschte nach hinten weg, als hätte jemand die Falltür einer Guillotine geöffnet. Er tat sich nicht weh, er funkelte mich lediglich böse an.

Je mehr ich ihm gut zuredete, desto unwilliger wurde er.

Was als Knüller gedacht war, ging gründlich in die Binsen. Und es wäre wahrscheinlich der größte Reinfall gewesen, wenn meine Mimik nicht so umwerfend komisch gewesen wäre. Kunststück! Ich war verzweifelt über meinen Begleiter.

Unter uns Menschen scheint es keine verbindliche Vorstellung von einem Komiker zu geben. Die einen sind schüchtern, die anderen unsicher und wieder andere extrovertiert, manche tun einfach alles, um Aufmerksamkeit zu erregen, und wieder andere übermitteln ihren Text via Telefon von einem anderen Stern.

Wie bei den Orang-Utans kann auch das menschliche Repertoire, wenn es mit Fingern und Händen verdeutlicht wird, ziemlich obszön sein oder aber, wie in der Sesamstraße, hygienisch sauber.

Aber hin und wieder lachen wir über die gleichen Dinge, auch wenn sie gefühllos sind und unter die Gürtellinie gehen.

Nur der Hai bleibt mir ein ewiges Rätsel. Er ist ein Einzelgänger ohne Freunde und soziale Kontakte, dazu furchtbar übergewichtig und das ohne Krankenversicherung. Und dennoch grinst er ohne jeden ersichtlichen Grund pausenlos übers ganze Gesicht.

Verstehen Sie das?

Es hat jahrelang gedauert, bis Wissenschaftler endgültig beweisen konnten, daß Tiere gerne spielen. Grizzlybären rutschen auf dem Hinterteil schneebedeckte Abhänge hinunter, Elefanten schmettern mit ihrem Rüssel eine sonnengetrocknete Lehmkugel durch die Luft, und Dachse vollführen Purzelbäume, veranstalten Bockspringen und legen einen Tanz aufs Parkett, der dem Twist aufs Haar gleicht.

Bevor wir unsere Kinder in Computerkurse schickten und ihnen versicherten, daß sie sich dort ganz bestimmt nicht langweilen würden, war die menschliche Spezies voller Phantasie. Schließlich sind Menschen auch nur Tiere.

Drei Uhr morgens, die Nacht vor der Bescherung am ersten Weihnachtstag. Mein Mann baut mit Hilfe einer japanischen Bedienungsanleitung ein Fahrrad zusammen. Es fehlen zwei Flügelmuttern. Aber auch sonst stimmt irgend etwas offenbar nicht. Der Sattel sitzt auf dem Lenker.

Ich mühe mich verzweifelt ab, ein Spiel einzupacken, von dem meine Tochter behauptet hatte, sie würde Selbstmord begehen, wenn sie es nicht bekäme. Fünfzehn Geschäfte hatte ich abgeklappert, nur um immer wieder das gleiche zu hören: ausverkauft. Schließlich landete ich, dem Wahnsinn nahe, im letzten Geschäft, wo ich das Spiel einer Frau entriß, die schon mit fünfzehn herabgesetzten Armbanduhren behangen war.

Wenn wir Glück haben, schaffen wir es bis Tagesanbruch. Es müssen noch Schienen gelegt, Batterien geladen, Stiefel vollgepackt, ein Puppenhaus zusammengebaut werden.

Wie jedes Jahr haben wir uns bis über die Ohren verschuldet, um uns die Zuneigung unserer Kinder zu erkaufen. Spielwaren im Wert von siebenhundert Dollar liegen unter dem Baum und harren der zu erwartenden Freudenschreie.

Endlich bricht der Weihnachtsmorgen an. Die Kinder wissen nicht, was sie zuerst tun sollen: sämtliche Luftblasen in der Plastikverpackung zum Platzen zu bringen, in der größten Schachtel zu spielen oder aus den herumliegenden Bändern und Schleifen einen »Hochzeitsstrauß« zu basteln.

Zwei Tage später steht das Fahrrad immer noch jungfräulich unter dem Baum. Mein Sohn hat sich statt dessen die riesige Schachtel geschnappt, in der ein Bürotisch verpackt war, sie in sein Zimmer geschleppt und verkündet, er wolle damit zum Mond fliegen.

Als er nicht zum Abendessen erscheint und ich den Kopf durch die Tür stecke, erklärt er mir, er habe alles, was er brauche, und wenn ich ihn wieder sprechen wolle, dann bitte nur über Funk.

Ich bitte ihn, das Anschnallen nicht zu vergessen und hin und wieder hinunterzugleiten auf unseren Planeten, zur Toilette.

Wir Menschen haben etwas Kostbares verloren, als kleine Mädchen aufhörten, Puppen aus Wäscheklammern und Stockrosen zu basteln und sich statt dessen dieser Barbie zuwandten, deren wechselvolle Karrieren als Stewardeß, Astronautin, Krankenschwester, Vorstandsvorsitzende, Eisprinzessin, Handwerkerin und Direktorin des BH-

Museums in Los Angeles mehrere komplette Kollektionen erforderlich macht.

Die kleinen Jungs, die mit Stirnband und Piratensäbel aus Pappe hinter einer Grünpflanze kauerten, sitzen jetzt vor einem Bildschirm, über den sechzig Dollar teure Spiele flimmern, deren Attraktion darin besteht, daß man die ganze Welt mit einem einzigen Knopfdruck auslöschen kann.

Ich war früher auch der Meinung, daß Spielzeug anregend und der geistigen Entwicklung zuträglich sein soll. Heute frage ich mich, was an geistlosen Beschäftigungen so falsch gewesen sein soll.

Ich habe in einem Artikel von einem tausend Pfund schweren Polarbären gelesen, der auf einen Hund zutrottete. Es war Mitte November und die Eisdecke noch zu dünn, als daß sich der Bär zum Seehundfang hätte hinauswagen können. Der Bär hatte seit vier Monaten so gut wie nichts gefressen.

Nun stand ein leckerer Appetithappen unmittelbar vor ihm.

Der Hund tat, was alle geistig Minderbemittelten in einer solchen Situation tun würden: Er wedelte mit dem Schwanz, grinste und verbeugte sich auch noch vor dem Bären. Der Bär reagierte freundlich, seiner Körpersprache war zu entnehmen, daß er zum Spielen aufgelegt war.

Hund und Bär spielten und tollten mehrere Minuten miteinander. Dabei war von dem Hund bald nichts mehr zu sehen, denn der Bär hielt ihn mit seinem ganzen Körper umfangen. Eine ganze Woche lang trafen sich Bär und Hund Abend für Abend, um im Schnee miteinander zu spielen. Die Jäger und Fallensteller, die diese Szene allabendlich beobachteten, hatten keine Erklärung für dieses Verhalten, außer der, daß Spielen wichtig ist, ungefähr so wie wenn man ein Kind zum Essen ruft und es lieber draußen weiterspielt. Der Verfasser des Artikels gelangte zu der Meinung, daß das Spiel für die körperliche und geistige Entwicklung genauso wichtig ist wie Nahrung und Paarung. Andere Wissenschaftler gingen sogar noch weiter. Sie behaupteten, wenn im Leben eines Kindes das Spielen zu kurz komme, könne dies zu Entwicklungsstörungen führen.

Ich habe im Fernsehen in einer Tiersendung Affen gesehen, die auf einen hohen Baum kletterten, sich einen biegsamen Ast schnappten, sich daran hängten, aufs Wasser schwangen, dann losließen und ins Wasser sprangen. Gleich darauf krabbelten sie aus dem Wasser, erklommen einen noch höheren Baum und wiederholten das Ganze. Sie kümmerten sich weder um Nahrung noch um mögliche Feinde, sie sammelten nichts und waren auch nicht besorgt um ihr Territorium. Es ging ihnen nur um das eine – um ihren Spaß am Spiel.

Ich dachte an meine Kindheit zurück. Wir besuchten damals regelmäßig unsere Verwandten, Tante, Onkel und dreizehn Kinder, die auf einer Farm lebten. Der Höhepunkt des Jahres dort war die Ankunft des Zirkusmannes, der gegen Gebühr ein Werbeplakat an der Scheunenwand anbringen durfte und ihnen bei dieser Gelegenheit Freikarten für den Zirkus schenkte.

In ihrem Haus fanden sich nur ein paar Steinschleudern und mehrere selbstgemachte Puppen, die ziemlich mitgenommen aussahen – aber keine vorgefertigten Spielsachen.

Am liebsten spielten meine Kusinen und Kusins an einem kleinen Bach, der an ihrem Grundstück vorbeifloß. Sie kletterten bis in die Spitze eines nahestehenden Baumes, packten ein Seil, schwangen sich in die Luft und ließen sich ins Wasser fallen.

Ich haßte das Spiel. Wenn ich aus dem Wasser stieg, quoll der Schlamm zwischen den Zehen hindurch, die Steine ritzten meine zarten Füße auf, außerdem schwammen im Wasser Fische, Schlangen und allerlei anderes Getier. Die Ähnlichkeit zwischen Affen und meinen Kusins und Kusinen soll Ihnen nicht etwa verdeutlichen, wie naturwüchsig meine Verwandten lebten, nur daß sie das gleiche Spiel trieben und den gleichen Spaß daran hatten.

Eltern sind mächtig stolz, wenn sie eine kreative Ader in ihrem Kind entdecken.

Ein Freund erzählte uns von einem wunderschönen Bild, das er auf dem Rücksitz seines Autos gefunden habe, sein Sohn hatte es im Kindergarten gemalt. Er war ganz aus dem Häuschen vor lauter Stolz. Die Farben leuchteten, das Bild hatte Tiefe, es war zweifellos vielversprechend. Er nahm sich vor, das Bild rahmen zu lassen und seinen Sohn damit zu überraschen. Nachdem er das gerahmte Bild aufgehängt hatte, bat er den Jungen in sein Büro und sagte: »Mein Sohn, ich lobe dich vielleicht nicht immer so, wie ich es tun sollte, aber ich möchte dir sagen, daß ich sehr wohl um deine Begabungen weiß. Ich werde dieses Bild mein Leben lang in Ehren halten. Es wird immer über meinem Schreibtisch hängen.«

Sein Sohn sah ihn an und meinte: »Aber warum willst du dir ein Bild von Jeffy Karcher über den Schreibtisch hängen? Du kennst ihn doch kaum.«

Nicht alle Lebewesen haben die gleichen Vorstellungen von Spiel und Ernst. Auf den Galapagos-Inseln habe ich ein Seelöwenjunges beobachtet, das einen Leguan in einen nahegelegenen Wassertümpel zerrte; sowie es ihn losließ, schwamm der Leguan zum Ufer zurück, wo ihn das Seelöwenjunge wieder schnappte und abermals in den Wassertümpel zerrte, und so weiter und so fort.

Wenn Sie das nicht komisch finden, dann stellen Sie sich einen meiner Kusins vor, der es besonders lustig fand, wenn er sich von hinten an einen heranschlich, um einem die Beine wegzuziehen.

Hätten meine Kusins in der Wildnis gelebt, wären sie zweifellos als erste gefressen worden.

Die Kakerlake bevölkert unsere Erde seit dreihundert Millionen Jahren. Weder Feuer, Wasser, Eis, Erdbeben, Vulkane, Insektenvertilgungsmittel noch Radioaktivität haben ihr etwas anhaben können. Es gibt ein Gerücht, das besagt, man könne sie vernichten mittels eines Haartrockners, der auf höchster Wärmestufe eingestellt ist. Nun, es ist – ein Gerücht.

Es gibt kein menschliches Wesen, das auch nur annähernd so langlebig wäre wie die Kakerlake. Gelegentlich liest man zwar über einen Mann oder eine Frau, die hundert Jahre oder noch älter geworden sind, aber irgendwann taucht der Sensenmann auch bei ihnen auf.

Dafür gibt es drei Arten von Nahrungsmitteln für unsere Spezies, die unausrottbar sind. Unsere Urahnen kannten sie, unsere Urenkel werden sie kennen. Sie werden so lange auf der Erde sein wie die Kakerlake.

So hat ein Topf voll Erbsensuppe nicht nur zwei Umzüge, drei Stromausfälle, einen Schneesturm, die verheerendste Überschwemmung seit hundert Jahren, drei Halbwüchsige und einen Exorzisten überlebt, die Erbsensuppe hat sich auch noch vermehrt.

Meine erste Erfahrung mit Erbsensuppe machte ich durch ein Geschenk meiner Mutter. Sie hatte einen großen Topf voll gekocht, und nachdem sie und mein Vater drei Monate lang davon gegessen hatten, fragte sie mich eines

Tages: »Warum nimmst du den Rest nicht mit nach Hause?«

Normalerweise esse ich nichts, was sich beim Kochen grün färbt und beim Essen den Lippenstift verschmiert, aber meine Mutter tat mir aufrichtig leid. Sie schien geradezu verzweifelt. Ich stellte den Rest in den Kühlschrank. Die Erbensuppe war nicht umzubringen. Irgendwann begrub ich sie im Garten; nach kurzer Zeit ging an der Stelle der Rasen kaputt.

Ein weiteres Nahrungsmittel, das uns Menschen mit Sicherheit überleben wird, sind harte Brötchen. Es handelt sich dabei um ein gewöhnliches Brötchen, das zwei Stunden nach dem Kauf steinhart ist. Auch mit den besten Zähnen ist ihm nicht ernsthaft beizukommen.

Ich dachte ja eigentlich, daß ein hartes Brötchen, noch dazu ein altbackenes, irgendwann im Abfall verschwindet. Weit gefehlt. Auf einer Reise durch Europa wurde uns allmorgendlich das typische kontinentale Frühstück serviert, ganz gleich, ob wir im Flugzeug saßen oder im Hotel. Das kontinentale Frühstück besteht stets aus einem Glas Obstsaft, einem harten Brötchen, einer Portion Marmelade und Tee oder Kaffee.

Ich merkte, daß mich die harten Brötchen langsam aber sicher seelisch krank machten. Ich litt unter Stimmungsschwankungen, an manchen Tagen wäre ich sogar am liebsten den ganzen Tag im Bett geblieben. Da ich vermutete, daß man uns in jeder Stadt das gleiche Brötchen servierte, ritzte ich eines Morgens in Amsterdam die Initialen meines Mannes in das auf dem Teller liegende Brötchen. Und tatsächlich, am letzten Abend unserer Reise, wir speisten in einem Restaurant im Eiffelturm in Paris, legte ein Kellner ein Brötchen neben das Gedeck meines Mannes. Die Initialen WLB leuchteten wie ein Neonschild. Ich bin mir ziemlich sicher, daß dieses Brötchen auch heute noch sein Unwesen treibt.

Aber der erste Preis für Langlebigkeit gebührt dem Weihnachtsfrüchtebrot. Das viele Dörrobst, das dabei verarbeitet wird, macht das Früchtebrot schwerer als den Backofen, in dem es gebacken wurde.

Menschen, die Früchtebrot mögen, sind irgendwie »anders«. Zwar essen sie selbst nie davon, aber wenn es darum geht, andere dazu zu bringen, legen sie einen geradezu missionarischen Eifer an den Tag. Ich habe eine Tante, die mir jedes Jahr ein Früchtebrot zu Weihnachten schenken will. Wenn es wieder einmal soweit ist, blicke ich ihr tief in die Augen und sage: »Tante Mildred, ich habe dein Früchtebrot letztes Jahr nicht gemocht, und ich mag es auch dieses Jahr nicht und werde es nächstes Jahr auch nicht essen. Verschone mich!«

Aber da ist noch etwas, was ich an den Früchtebrotbäckern nicht ausstehen kann. Und zwar, daß sie nie beleidigt oder wenigstens eingeschnappt sind. Während sich meine Tante die Zurückweisung lächelnd anhört, schneidet sie ein Stück von dem Früchtebrot ab. »Ich hätte mehr Achtung vor dir, Tante Mildred, wenn du einfach sagen würdest: ›Wie komme ich überhaupt dazu, dir das Früchtebrot anzubieten? Die Zutaten allein haben mich fünfundvierzig Dollar gekostet; am liebsten würde ich dir das gute Stück auf den Fuß fallen lassen!‹« Aber nein, sie schiebt mir das Stück in den Mund, und als ich es wieder herauswürge, meint sie lächelnd: »Ist es nicht schön saftig?«

Offenbar stehe ich mit meiner Theorie nicht allein da. Es gibt insgesamt nur vier oder fünf Früchtebrote, die jedes Jahr wie ein Kettenbrief die Runde machen. Wenn man sein Früchtebrot nicht vor Ablauf des Jahres weitergibt, wird einem etwas ganz Schreckliches widerfahren.

Durch die Geschichte der Fridelia Ford wurde ich in meiner Theorie bestätigt. Sie hat im November 1878 in Berkey, Ohio, ein Früchtebrot gebacken. Nach altem Brauch ließ sie das Gebäck ein Jahr lang »ruhen«, um es am nächsten Thanksgiving-Fest anzuschneiden. Leider starb sie, bevor es dazu kam, und das Früchtebrot machte die Runde in der Familie bis 1952, wo es endlich bei ihrem Urenkel, Morgan Ford aus Tecumseh, Michigan, eine dauerhafte Bleibe fand.

Jedes Jahr wird nun das inzwischen unter einer Glashaube verwahrte Früchtebrot bei Familienfeiern wie ein kostbares Juwel betrachtet.

Einer der Onkel, der 1966 ein kleines Eckchen davon kostete, lebte danach noch ganze zwei Jahre, was darauf schließen läßt, daß das Früchtebrot immer noch genießbar war.

Die Autorin Diane Lewis, die sich mit ihrem Werk um die Erhaltung unseres Planeten verdient gemacht hat, hat ein kleines Büchlein herausgegeben, in dem sie zahlreiche Möglichkeiten der Wiederverwertung eines Früchtebrots zum besten gibt. Zu den brauchbaren Möglichkeiten zählen, das Früchtebrot in den Wassertank der Toilette zu geben und dadurch mehrere tausend Liter Wasser pro Jahr zu sparen oder es zum Auffüllen des San-Andreas-Grabens zu stiften, um unsere Westküste vor dem Abstürzen ins Meer zu bewahren.

Ich rechne eigentlich täglich damit, daß die bekannte Kochbuchautorin Martha Stewart ein ganzes Heft ihrer Frauenzeitschrift dem Thema »Jenseits des Früchtebrots« widmet. Swimmingpools aus Früchtebrot, Terrassen und Wände, Autobahnen, Wolkenkratzer, Autoreifen und Schmuck aus Früchtebrot – der Phantasie sind keine Grenzen gesetzt.

Ich habe genügend römische Ruinen gesehen, um zu wissen, daß selbst die architektonischen Meisterleistungen der Römer irgendwann zerbröselt sind.

Dem Früchtebrot kann das nicht passieren.

Eigentlich habe ich noch eine Theorie. Sollte eine Kakerlake ein Stückchen von Tante Mildreds »Einhundert-achtunddreißig-Sorten-getrocknetes-Obst-je-länger-es-ruht-desto-saftiger-wird-es-Früchtebrot« fressen, könnte dann nicht auch ihr Leben zur Strecke gebracht werden?

Ein Ernährungsfachmann im Bronx-Zoo zeigte sich besorgt über den hohen Cholesterinspiegel einiger im Zoo lebender Tiere. Aus diesem Grund bekommen Nashörner jetzt Vitamin E, die Kröten Grillen (wegen des Kalziums), kleine Zwergböckchen eine mit Eiweiß angereicherte Flaschennahrung, während die gutgenährten, blätterfressenden Affen und Ameisenbären die für sie notwendigen Ballaststoffe zu fressen bekommen.

Da konnten die Gesundheitswächter natürlich nicht tatenlos zusehen. Sie mußten einfach eingreifen, als die Ziegen mit großer Freude alte Bierdosen und Störche fünf Tage altes, fauliges Fleisch fraßen. O nein, diese Freude durften sie den Tieren nicht lassen.

Mit uns Menschen verfährt man ja schon lange so. Ich stamme aus einer Familie, wo alles, was eingekauft und gekocht wurde, aus echtem Zucker, echter Sahne und goldgelber Butter bestand.

Aber heute komme ich gar nicht mehr nach mit dem Studium der Inhaltsstoffe auf jeder Packung, des Gewichts desgleichen (früher dachte ich, ein Gramm sei so gut wie nichts, aber weit gefehlt!).

Der ganze Spaß ist mir verdorben. Es gibt nichts mehr, wofür es sich zu leben lohnt. Weil Geburtstagstorten meine Arterien verstopfen, gibt es heute Magerquarkkuchen mit Streuseln aus Hefeflocken.

Unsere Picknicks früher waren wahre Mayonnaise- und Roastbeeforgien. Heute gibt es Truthahnburger und Kartoffelsalat, angemacht mit dem Abtropfwasser der Salatblätter.

Die Nahrungsmittelindustrie hat so viele Ersatzprodukte auf den Markt gebracht, daß ich schon nicht mehr die leiseste Ahnung habe, was ich überhaupt esse.

Mein Mann kauft eine Margarine, die sich auch bei höchster Temperatur nicht schmelzen läßt. Ich übertreibe nicht. Man gibt einen Löffel davon in die Pfanne, und bevor man sich's versieht, ist das Ganze im Dunstabzug verschwunden. Natürlich und gesund ist das bestimmt nicht.

Fettgegner und Ballaststoff-Fanatiker schießen wie Pilze aus dem Boden. Sie weisen mich darauf hin, daß für mich eine tägliche Kalorienzufuhr von fünfzehnhundert reicht, demnach dürfte ich bis August 1998 überhaupt nichts mehr essen, um in die Reihe zu kommen.

Sie schüchtern uns ein. Wenn ich in einem Restaurant Champignoncremesuppe bestelle, richten sich augenblicklich drei Paar Augen auf mich. Ich lache verlegen und bestelle statt dessen eine natriumarme Bouillon.

Für meinen Salat nehme ich den anderen zuliebe die Soße separat. Ich sollte ja sparsam damit umgehen, denn sie ist kalorienreich. (Wenn meine Tischgenossen einen Moment lang ihre Aufmerksamkeit von mir abwenden, schütte ich sie – natürlich ohne Salat – hinunter wie einen langersehnten Whisky.)

Am liebsten äße ich anschließend Fettucine Alfredo, aber wenn ich das wagte, würden sie eine Benefizshow für mich veranstalten. Wenn der Dessertwagen an unserem Tisch vorbeigeschoben wird, bedenken ihn meine Freunde mit Blicken, als handle es sich um einen Freund in der Aufbahrungshalle.

Wenn dieser Schwachsinn nicht bald aufhört, können wir ebensogut unsere Handtaschen verspeisen.

Die einzig vernünftige Bemerkung auf diesem Gebiet stammt von der Küchenchefin Julia Child, die in einem Interview gesagt haben soll: »Die Ernährungsapostel machen der Gastronomie den Garaus. Vergessen Sie den billigen Weißwein und lassen Sie sich statt dessen Ihr Steak und den Gin wieder schmecken!«

Ich will ja nicht abstreiten, daß es im Tierreich Magenverstimmungen und schlechte Zähne gibt. Aber Tiere sind wenigstens klug genug, immer dann zu fressen, wenn sie hungrig sind. Sie sind die Erfinder von Fast Food. Oder haben Sie schon einmal von einer Familie Weißschwanzgnus gehört, die sich unter einem schattigen Baum zum Abendessen versammelt hätte? Fledermäuse schlafen den lieben langen Tag und verspeisen die Hälfte ihres eigenen Gewichts während der Nacht. Diese Vorstellung gefällt mir. Sogar der Koalabär bringt den größten Teil des Tages mit Naschen zu.

Ich bin der Meinung, daß man der Natur in zwei Dingen nicht ins Handwerk pfuschen sollte: in der Fortpflanzung und in der Nahrungsaufnahme. Diskussionen darüber könnten die Nation spalten.

Ich bin mit einem Gesundheitsapostel verheiratet. Wenn er ein Stückchen Speck auf einem Spinatsalat sieht, erbleicht er, als hätte er soeben einen Skorpion zwischen den Blättern erblickt. Kaum hat er es auf den Rand seines Tellers geschoben, greift er auch schon zu Papier und Bleistift, um mir eine verstopfte Arterie bildlich nahezubringen.

Ich habe großen Respekt für die Art und Weise, wie Tiere essen. Obwohl Fink und Alligator weder Zungen noch Lippen besitzen, finden sie trotzdem etwas – oder jemanden – zum Verspeisen.

Ohne den Ernährungsexperten im Bronx-Zoo zu nahe zu treten, die das Freßverhalten der Tiere verändern wollen, möchte ich doch zu bedenken geben, daß sich ihre Ergebnisse auf Studien am Maulesel stützen. Die Ernährungsexperten fanden einen Zusammenhang zwischen Mangel an Vitamin E und der Beschaffenheit des Rückenmarks dieser Esel. Einige Männchen waren nicht in der Lage, das Weibchen zu besteigen. Erst als die Vitamin-E-Dosis in ihrer Nahrung erhöht wurde, konnten sie ihrer männlichen Pflicht wieder nachkommen. Ich weiß jedoch nicht, was dieses Untersuchungsergebnis damit zu tun hat, daß ich auf meine heißgeliebte Pizza verzichten soll.

Als ich neulich mit meinem Mann im Kino saß, beugte ich mich zu ihm hinüber und flüsterte ihm ins Ohr: »Ich muß mal.« In der Dunkelheit tastete ich mich zum Ausgang und ging schnurstracks zur Kasse, wo ich eine Riesenportion Popcorn erstand. Als ich mit der Tüte ins Freie trat, bemerkte ich mehrere Raucher, die wie eine Gruppe von Strafgefangenen die Köpfe zusammensteckten.

»Rauchen Sie auch?« hörte ich eine Stimme in der Dunkelheit sagen.

»Nein«, antwortete ich, »ich esse Popcorn.«

»Ja wissen Sie denn nicht, wie ungesund das ist!« rief einer der Raucher.

»Popcorn! Das ist ja pervers«, empörte sich eine weibliche Stimme.

Augenblicklich kehrte mir die ganze Gruppe den Rücken zu.

Wer in einem von einem Rentier gezogenen Schlitten sitzt, hat das Gefühl, in einem Auto zu fahren, das bei rasender Geschwindigkeit ohne Bremsen davonbraust. Rentiere machen bedenkenlos, was sie wollen. Alle paar Minuten verschafft sich das Tier eine kleine Abwechslung, indem es vom gespurten Weg abweicht und gegen eine Schneebank rennt.

Es ist mir gelungen, die letzten Jahre heil zu überstehen, weil ich erstens nie im Flugzeug esse und zweitens mich nie in ein Auto setze, wenn eins meiner Kinder hinter dem Steuer sitzt.

Als ich dem ersten meiner Kinder das Fahren beibrachte, habe ich das heilige Versprechen abgelegt, daß ich, sollte ich aus diesem Auto lebend aussteigen, aller meiner Kreditkarten entsagen und mich Mutter Teresa in Kalkutta anschließen würde.

Sobald ein Kind die magische Schwelle von achtzehn Jahren erreicht, entdeckt es den Sinn des Lebens: Autoschlüssel. Nur wenige Minuten, nachdem es seinen Führerschein in der Tasche hat, will es einen eigenen Wagen.

Der Junge kreuzt mit einem Gefährt vor der Tür auf, damit Sie es begutachten können. Das Gestein des Grand Canyon ist nur fünf Jahre älter als dieses Auto. Es handelt sich um ein Kabriolett, allerdings sommers wie winters, denn das Dach hat solche Risse, daß die Fetzen wie Teile eines Beduinenzelts im Wind flattern. Die Scheiben lassen sich weder nach unten noch nach oben kurbeln. Bei der ersten Unebenheit auf der Straße geht einer der Scheinwerfer an; bei der zweiten geht er wieder aus. Der Sicherheitsgurt ist etwas mehr als zehn Zentimeter lang und paßt niemandem. Auf hundert Kilometer verbraucht das Ding zwanzig Liter und sollte deshalb jemandem gehören, der sich das leisten kann – beispielsweise einem Scheich in Saudi-Arabien.

Im Grund funktioniert an dem Auto nichts – außer dem Kassettenrecorder. Man kann die Anlage bis auf sechsundneunzig Dezibel aufdrehen und somit im Umkreis von einem Kilometer gehört werden.

Anmeldung, Schilder und Versicherung für ein halbes Jahr kosten zusammen schließlich mehr als das Auto selbst.

»Ich hab' eine Lenkradkralle«, verkündet er stolz, »die paßt genau auf mein Lenkrad.«

»Wozu soll die gut sein?«

»Damit das Auto nicht geklaut wird.«

»Dieses Auto kann nur jemand klauen, der willens ist, es auseinanderzunehmen und es dann in einer Einkaufstasche nach Hause zu tragen.«

Der Knabe arbeitet auf ein einziges Ziel hin, daß nämlich alles an dem Auto funktioniert, und zwar gleichzeitig. Aber dieser Fall wird nie eintreten.

Irgendwo klopft, rattert, rumpelt, knirscht es immer, und wenn nicht, tritt mit Sicherheit aus irgendeiner Öffnung rußiger Qualm. Der Typ von der Werkstatt, der ihm mit Rat und Tat zur Seite steht, kennt sich aus. Er arbeitet nur gegen Bares.

»Hast du nicht gesagt, daß du das Auto dieses Wochenende in der Werkstatt läßt?«

»Das geht nicht. Es wird regnen.«

»Und was hat das damit zu tun?«

»Die Werkstatt ist eine Garageneinfahrt.«

Es gibt tatsächlich Eltern, die so naiv sind zu glauben, daß ihr Leben einfacher wird, sobald ihr Sohn oder ihre Tochter ein eigenes Auto haben. Sie könnten dann beispielsweise bei der Reinigung vorbeifahren, etwas aus dem Supermarkt mitbringen, sie zum Flughafen bringen, sie vor dem Kosmetiksalon absetzen oder die Großmutter zum Doktor fahren.

Wenn Sie das glauben, dann glauben Sie auch, daß Ivana und Donald Trump immer nur Pizza gegessen haben.

Sie werden Ihr Kind nie wiedersehen.

In dem Augenblick, als mein Ältester sein Auto aus der Einfahrt rollen ließ, um es in Gang zu bringen, wußte ich, daß von nun an unsere gemeinsame Zeit ein Ende hatte.

Es sollte Jahre dauern, bevor er mir verzieh, daß er durch meine Schuld der älteste Junge in ganz Nordamerika gewesen war, der mit dem Fahrrad zur Schule hatte fahren müssen.

Mein Mann war sein Leben lang in der Schulbehörde tätig. Er sagte, er wisse immer, welche Autos auf dem Parkplatz den Lehrern und welche den Schülern gehörten. Die Autos der Lehrer erinnerten an einen Friedhof für Volkswagen. Ihre Aufkleber dienten der Unterstützung der Lehrergewerkschaft und warnten »Baby an Bord«. Dort, wo eigentlich das Radio hingehörte und auch einmal eins gewesen war, gähnte ein schwarzes Loch, und die Antenne war nur noch ein kläglicher Rest ihrer selbst.

Manchmal frage ich mich, was sich die Tiere wohl beim Anblick von Menschen denken, die in Autos hocken, welche ratternd und knatternd Kohlenmonoxid ausspucken, trotzdem aber unentbehrlich zu sein scheinen.

Wenn die Menschen große Strecken zurückzulegen

haben, besteigen sie einen großen Vogel, der sie innerhalb von Stunden zu ihrem Ziel bringt.

Dabei fallen mir unwillkürlich die Pinguine ein. Wenn einer von ihnen von zu Hause weglaufen würde, bräuchte er bei seinem Getrippel mindestens drei Jahre bis zum Ufer. Trotzdem legen die Pinguine jedes Jahr neunhundert Meilen zurück, um sich an den antarktischen Nistplätzen zu paaren.

Wenn wir Menschen so weit zu Fuß gehen müßten, wären wir schon vor Jahrmillionen ausgestorben.

Obwohl viele wilde Tiere auch tagsüber zu sehen sind – Vögel, Katzen, Kakerlaken und Flußpferde –, gelten die meisten Raubtiere als Nachttiere. Sie suchen ihre Beute bei Nacht. Moskitos laben sich bei Nacht an schlafenden Menschen.

Nachttiere, die in der Wildnis leben und überleben, sind klug genug, nie Mischehen einzugehen. Ein Dachs würde sich nie mit einem Dachs zusammentun, wenn dieser ein »Tagtier« ist, genausowenig wie eine Hyäne nie mit einer Hyäne eine Affäre anfinge, der abends um neun die Augen zufallen.

Unglücklicherweise sind wir Menschen der Meinung, daß sich die Unstimmigkeiten des Schlaf- und Wachrhythmus zwischen Partnern überwinden lassen.

Ich habe vor sechsundvierzig Jahren einen Mann mit der biologischen Uhr eines Hamsters geheiratet. Tagsüber funktioniert er, wenn auch nicht gut, so doch immerhin leidlich. Erst wenn die Sonne untergeht, wacht sein Körper allmählich auf. Dann schält er sich aus seinem Sessel und begibt sich auf die Suche nach Eß- und Trinkbarem. Seine Finger fliegen mit einer Geschwindigkeit über die Fernsehfernbedienung, die einer Stenotypistin alle Ehre machen würde. Manchmal geht er aber auch nachts in die Garage, wo er seine elektrischen Heimwerkergeräte anwirft oder am Rasenmäher herumbastelt, bis er ihn zum Laufen kriegt.

Um sich nicht einsam zu fühlen, schaltet er das Radio ein.

Er streichelt den Hund so lange, bis dieser aus tiefstem Schlaf aufschreckt und lauthals anfängt zu bellen.

Er ruft Bekannte am anderen Ende der Welt an, obwohl er weiß, daß sie schon drei Stunden lang schlafen, nur um zu fragen: »Wie spät ist es bei euch?«

Mit vollem Bauch rumpelt er nach derart vollbrachter Nacht ins Badezimmer, wo man es bald gurgeln und rumoren hört, als ob ein Vulkan ausbräche.

Anschließend läßt er sich mit Schwung neben mich ins Bett fallen, zieht die ganze Bettdecke auf seine Seite und schläft seelenruhig ein. Zwei Stunden später läutet der Wecker.

Darüber spricht man nicht vor der Hochzeit – ein verhängnisvoller Fehler. Man könnte ebensogut einen Mann heiraten, der von Mitternacht bis fünf Uhr morgens auf seinem Heimtrainer Marathon läuft.

Manche behaupten, sie könnten keinen Unterschied zwischen Nacht- und Tagmenschen feststellen. Augen auf! Wer so was behauptet, muß nur einmal in einen rund um die Uhr geöffneten Supermarkt gehen, dann fällt es ihm wie Schuppen von den Augen.

Sie betreten den Laden zu irgendeiner unchristlichen Stunde in einem verknitterten Trainingsanzug, ohne Socken, dafür mit Sonnenbrille, obwohl die Sonne schon vor vier Stunden untergegangen ist.

Sie schnappen sich den ersten Einkaufswagen an der Tür, auch wenn noch ein Salatblatt vom Vorgänger drin liegt. Ihre erste Frage an die Kassiererin lautet: »Wann schließen Sie?«

Sie nehmen das Obst, ohne es vorher durch Fingerdruck zu prüfen und lesen keine Aufschrift auf den Packungen. Sie werfen das Zeug lediglich in den Wagen.

Nächtliche Käufer sind von zerstreuter Teilnahmslosigkeit, sie erwecken den Eindruck, als wollten sie eben schnell zwischen zwei Werbeblöcken eine Tüte Chips und ein paar Flaschen Bier erstehen. Die Qualität ihrer Einkäufe kümmert sie nicht, nur die Quantität. Am häufigsten findet man sie vor dem Regal mit den Packungen, auf denen es heißt »Mit heißem Wasser aufzugießen«. Da greifen sie blindlings zu.

An der Kasse werfen sie noch ein Boulevardblatt in den Wagen mit der Schlagzeile »Warum Roseanne in der Hochzeitsnacht weinte«, obwohl sie sich die Antwort schon denken können, weil nämlich der Zimmerservice ausgefallen war.

Das Freßverhalten wilder Tiere ist höchst merkwürdig. Die Giraffe steht, wenn sie um neun frühstücken will, um sechs Uhr auf, weil die Nahrung ja einen langen Weg zurückzulegen hat. Dem Löwen genügt eine Mahlzeit am Tag. Wenn wir den lieben langen Tag nichts anderes zu tun hätten, als Fliegen zu verscheuchen, würde uns das auch reichen. Der Koalabär ernährt sich Tag und Nacht von Eukalyptusblättern. Er futtert ununterbrochen, denn das immergrüne Gewächs enthält medizinische Öle, die süchtig machen. Er hat, so könnte man sagen, ständig einen in der Krone. Eine Boa zehrt ganze zwei Wochen lang von einem einzigen Beutetier. Darauf möchte ich jedoch nicht näher eingehen.

Der normale Mensch nimmt täglich drei Mahlzeiten zu mehr oder minder geregelten Zeiten zu sich. Ausnahmen bilden lediglich Nachtmenschen und Franzosen. Aus einem mir unerfindlichen Grund lassen sie neun bis zehn Stunden zwischen Mittag- und Abendessen vergehen. Nur weil Tiere relativ spät zu Abend essen, bin ich noch lange nicht gewillt, mich auf einer Party mit trockenen Crackers zufriedenzugeben, bis endlich um halb elf Uhr nachts das Mahl serviert wird. Das ist wider die Natur, jedenfalls wider die amerikanische.

Kinder können, je nachdem, wem sie nachschlagen, so oder so geraten. Unsere Kinder sind sämtlich Nachtmenschen. Schon als Säuglinge haben sie nachts gegessen und tagsüber geschlafen. Als sie ins Teenageralter kamen, stand ich auf, wenn sie nach Hause kamen, und ging schlafen, wenn sie ausgingen.

Ich finde es traurig, daß wir Menschen uns immer weiter von unserem angestammten Rhythmus entfernen, der uns vorgibt, tagsüber zu arbeiten und nachts zu schlafen. Immer mehr Läden und soziale Einrichtungen sind rund um die Uhr geöffnet, damit auch die Nachtmenschen zu ihrem Recht kommen. Sie können zur Bank gehen, bowlen, einkaufen, beten, Wäsche waschen, ins Kino gehen, essen und trinken, heiraten, Spielsalons besuchen, nach New York fliegen, ein Kind entbinden und einen Ehemann verhaften lassen. Jeder Wunsch wird ihnen erfüllt.

Unsere Kinder hatten einmal einen Hamster namens Curly. Curly war ein süßes Tierchen. Tagsüber rollte er sich neben seinem Käfig zu einem flauschigen Knäuel zusammen, und niemand brachte es übers Herz, ihn aufzuwecken. Nachts, wenn ich im Bett lag, hörte ich ihn in seiner quietschenden Tretmühle herumsausen, als gelte es, ein Wettrennen zu gewinnen. Es war ein Rennen ohne Ziel, aber seine kleinen Beinchen strampelten die ganze Nacht, als führte er das Marathonrennen in Boston an.

Ich weiß nicht, ob Curly ein Männchen oder ein Weibchen war. Ist auch ganz egal. Dieser Hamster und mein Mann, die beiden waren auf jeden Fall füreinander geschaffen.

Der Nasenaffe sieht aus wie alle anderen Menschenaffen – nur eines unterscheidet ihn. Die Nase des männlichen Nasenaffen wächst nämlich unaufhörlich weiter, und so hat der Nasenaffe eine der größten Nasen im ganzen Tierreich. Da ihm sein Organ, wenn es schließlich seine volle Größe erreicht hat, nicht selten im Weg ist, kann er beispielsweise beim Klettern nur eine Pfote benutzen, denn mit der anderen muß er Zweige und Äste von seiner Nase fernhalten. Die Eingeborenen von Borneo – weitab von jeglicher Zivilisation – haben ihn den Weißen Mann getauft.

Also, wenn wir ehrlich sind, dann müssen wir zugeben, daß jedes Tier, das durch den Dschungel streift, durch die Lüfte fliegt und im Meer schwimmt, irgendwo am Strand seine menschliche Entprechung hat.

Der Nasenaffe ist nicht der einzige mit einem Riesenzinken. Außer fiktiven Gestalten wie Cyrano de Bergerac und Pinocchio kennt jeder von uns auch lebende Personen mit großem Riechorgan, darunter nicht zuletzt General de Gaulle und den Schauspieler Karl Malden.

Und wen hätte die Geschichte des Mannes, dessen Reichtum nur von der Größe seiner Nase übertroffen wurde, nicht berührt?

Als er bei einer befreundeten Familie zum Tee eingeladen war, erhielten die Kinder der Familie vorher eine

Extralektion in Taktgefühl und Benehmen. Unter keinen Umständen durften sie seine auffällige Nase erwähnen.

Vorsichtig goß die Dame des Hauses ihrem Gast Tee ein, nicht ohne einen mahnenden Blick in Richtung ihrer Töchter zu werfen. Die Mädchen saßen mit großen Augen auf ihren Stühlen, blieben aber stumm.

Mit einem Seufzer der Erleichterung lächelte sie ihren Gast an und sagte: »Möchten Sie ein oder zwei Stück Zucker in Ihre Nase?«

Viele Haustierhalter bestreiten ganz entschieden, daß ihre Tiere ihnen ähnlich sehen, aber es ist dennoch wahr. Das sieht man besonders deutlich bei jedem Hundewettbewerb, wo Hunde aller Rassen mit ihren Besitzern auftreten.

Eine Frau, die den Kampf gegen das Gesetz der Ausdehnung bereits verloren hat, führt mit Sicherheit einen Dachshund an der Leine. Ein mißmutiger, wohlbeleibter Mann mit schlechten Zähnen hat bestimmt eine Bulldogge. Und eine Frau, deren Tränensäcke bis auf die Nase hängen und die sich nie die Beine rasiert, erscheint garantiert mit einem Collie.

Ich gebe zu, daß mir jedesmal, wenn ich das Hinterteil eines Nashorns sehe, das von diesen kurzen dicken Beinchen gehalten wird, etwas anders wird, denn ich weiß, wenn ich nicht mit den Malzbierorgien aufhöre, werde ich ebenso enden.

Weil wir Menschen im Laufe der Zeit den wildlebenden Tieren leider immer ähnlicher geworden sind und das Rasieren der Beine und Achselhöhlen nicht mehr ausreicht, um uns von ihnen zu unterscheiden, wurde die Schönheitschirurgie erfunden.

Wir lassen überflüssige Gesichtshaare entfernen, unsere Ohren verkleinern, das Fett aus den Oberschenkeln absaugen und die Nase verkleinern.

Natürlich können wir uns den Vorteil der Kleidung zunutze machen. Es gibt wenige Tiere (mit Ausnahme der Schlangen vielleicht), die mehr als ein Gewand besitzen.

Trotzdem stößt man immer wieder auf Ähnlichkeiten im Aussehen von Tier und Mensch. So sah ich einmal Königin Elizabeth mit einem Hut, der exakt dem Kopfschmuck des Kasuarvogels aus Papua-Neuguinea glich. Michael Jordon hat Beine, mit denen sich nur ein Kranich messen kann. Jeder von uns kennt einen Steuerberater, der Augen wie ein weißköpfiger Seeadler hat. Und die Miederreihen in einer Singlebar erinnern an die Delphine in Sea World. Ich kenne Männer mit solchen Vollbärten, daß sie sich ohne weiteres und ohne daß sich jemand wundern würde in diese einhüllen und sich zum Winterschlaf hinlegen könnten.

Ich erzähle es zwar nicht gern, aber ich habe einmal eine Bananendiät gemacht – den ganzen lieben langen Tag nichts als Bananen. Am Ende der zweiten Woche habe ich mich an den Armen durch die Küche geschwungen, eine Banane gepflückt und sie mitsamt Schale verspeist. Es dauert nicht lange, bis man zu seinen Wurzeln zurückfindet.

Da die Eingeborenen von Borneo noch nie einen weißen Mann gesehen hatten, ist es mehr als verwunderlich, daß sie diesen Affen mit dem rötlichbraunen Körper und dem rosafarbenen Gesicht (das sich bei Aufregung oder Hitze dunkelrot verfärben kann) als »weißen Mann« bezeichnet haben.

Vielleicht war ihnen ja zu Ohren gekommen, daß der weiße Mann seine Nase in alles reinsteckt, was ihn nichts angeht, wozu eine monströse Nase erforderlich ist. Eine weitere Erklärung für diese Bezeichnung wäre die Nase als Zeichen männlicher Potenz, um das andere Geschlecht auf sich aufmerksam zu machen. Die Mehrzahl der Experten ist sich allerdings einig, daß sich bei dieser Affenart durch die große Nase die Stimme – natürlich eine nasale, was sonst – kräftigt, mit deren Hilfe sie ihr Territorium sichern.

Offenbar haben die Eingeborenen von Borneo eine Schwäche für den Nasenaffen. Am liebsten mögen sie ihn allerdings am Spieß gebraten. Na, wenn das nicht schlecht für die Fremdenwerbung ist!

Ich weiß nicht, wann der erste weiße Mann in seinem Bananenrepublik-Anzug mit Tropenhelm den Fuß auf den Boden von Borneo gesetzt hat, aber die Eingeborenen dürften sein Gesicht studiert und gemurmelt haben: »Pfuscharbeit.«

In einem Pariser Restaurant bestellte ein Gast einen Hummer. Als der Kellner ihn servierte, erkundigte sich der Gast, ob der Hummer frisch sei. Daraufhin hielt ihm der Kellner den Teller unter die Nase und hieß ihn, daran zu riechen.

Plötzlich schlossen sich die Scheren des Hummers um die Nase des Gastes und zwackten ein Stück ab. Der Richter sprach dem Gast Schmerzensgeld zu, der Restaurantbesitzer wurde mit einer Strafe von acht Dollar belegt, weil er es versäumt hatte, ein gefährliches Tier in sicherem Gewahrsam zu halten.

Wissenschaftler belächeln die Neigung von Schriftstellern, Tiere zu vermenschlichen. Sie kennen aufgrund ihrer Forschung das Freß- und Paarungsverhalten und die Fortpflanzungsarten der Tiere, Vergleiche mit dem Menschen gehen ihnen gegen den Strich.

Ich bin jedoch der Meinung, daß Tiere genau wie Menschen »Prinzipien« haben.

Wenn ich von einer Gefängnisrevolte höre, weil sich männliche und weibliche Gefangene gegen die Zustände in einem Gefängnis auflehnen, beziehungsweise weil es ihnen dort einfach nicht paßt, fällt mir der Seepolyp Octavia ein, vor einigen Jahren die große Attraktion im Cabrillo Marine Aquarium in Los Angeles.

Octavia war der erste Riesenpolyp, den man in einem

Aquarium besichtigen konnte, wenngleich nicht alle damit einverstanden waren. Eine Gruppe von Tierschützern hatte sich mit der Aquariumsverwaltung angelegt, weil sie Octavias Bassin für zu klein befanden; offensichtlich war Octavia derselben Meinung.

Eines Nachts zog sie mit ihren riesigen Fangarmen den Stöpsel, woraufhin das Wasser schneller abfloß, als neues zufließen konnte. Die Todesursache nannte man »Selbstverstümmelungssyndrom«.

Ich glaube nicht, daß Octavia alle Konsequenzen ihres Tuns vorher gründlich durchdacht hat. Der Seepolyp – mit Ausnahme von Meeressäugetieren höchstwahrscheinlich der intelligenteste Meeresbewohner – hat sich von seinen Prinzipien leiten lassen.

Menschen haben im Gegensatz zu wilden Tieren die Möglichkeit, ihre Prinzipien durchzusetzen. Die Möglichkeit heißt Rechtsanwalt. Wäre Octavia ein Mensch gewesen, hätte sie sich an Dr. Kervorkian wenden können, der Sterbehilfe leistet. Später hätte dann ein Gericht den Vorgang beurteilen müssen. Das Ergebnis wäre vermutlich dasselbe gewesen, aber wer sich einen Anwalt zur Vertretung seiner Interessen leisten kann, der gewinnt Publicity. Und Publicity ist auf jeden Fall etwas wert – auch nach dem Tod.

Anwälte zählen heutzutage zu den einflußreichsten Persönlichkeiten unserer Gesellschaft. Sie regeln, wer im Falle einer Scheidung die Kinder wann besuchen darf, wer Unterhalt bekommt und wer das Abonnement für das Suns-Basketballteam. Sie entscheiden, ob man uns rechtens irgendeinen Mist an der Haustür verkauft hat und welche gemeinnützigen Aufgaben wir übernehmen müssen. Ein Ehepaar klagte sogar die Rechte für einen gefrorenen Embryo ein.

Wer vor Gericht geht, kann auf jeden Fall mit der Titelseite von TIME, einem Buchvertrag, dem Fernsehfilm der Woche und jeder Menge Paparazzi rechnen. Zsa Zsa Gabor soll in diesem Zusammenhang gesagt haben: »Ich hoffe, ich habe für die Dauer des Prozesses genug anzuziehen.«

Zwei Dinge sollte man bei der Wahl eines Anwaltes auf jeden Fall berücksichtigen: War er oder sie schon Gast in einer bekannten Talkshow, und hat seine Kinderfrau eine Aufenthaltsgenehmigung?

Wir leben im Jahrzehnt der Verteidigung individueller Rechte. Im Fernsehen wird dafür geworben, wie einfach es sei, als Schmerzensgeld eine beträchtliche Summe herauszuschlagen. In Kalifornien gibt es Anwälte, die sich auf Streitigkeiten zwischen Motorradfahrern spezialisiert haben.

Die Gerichte müssen sich mit Bagatellfällen beschäftigen, die aber möglicherweise eine neue Schicht von Millionären hervorbringen: Sie haben kein Unternehmen geerbt, und sie haben nicht in der Lotterie gewonnen. Sie haben nur einen Fingernagelschnipsel in ihrem Diätgetränk gefunden, und voilà! ... die verklagte Firma legt als Schmerzensgeld eine Riesensumme auf den Tisch.

Zwei Millionen Dollar Entschädigung wurden vor nicht allzu langer Zeit einer Frau zugesprochen, der man heißen Kaffee in einem Pappbecher verkauft hatte: weil aber der Deckel nicht richtig befestigt war, ergoß sich der heiße Kaffee über ihr Bein und verbrühte sie.

Vor kurzem habe ich auf dem Parkplatz eines Einkaufszentrums eine Freundin getroffen. Sie fuhr einen BMW.

»Seit wann fährst du einen BMW?« wollte ich wissen.

»Ach, das weißt du noch gar nicht? Mein Friseur hatte mir die Haare orange gefärbt.«

»Deine Haare waren doch schon immer orange.«

»Aber nicht so, nicht so knallig orange. Ich habe schrecklich gelitten, aber wir haben uns gütlich geeinigt. Du hast sicher schon von der Sache mit Becky gehört, oder nicht?«

»Keinen Ton, was ist passiert?«

»Sie fand ein Stück Glas in ihrem Abführgranulat. Aber die hat schon immer Glück gehabt! Vor ein paar Jahren ist ihr Kaschmirpullover in der Reinigung eingelaufen.«

»Ach, das ist ja furchtbar!«

»Im Gegenteil, das ist wunderbar. Heute gehört die Reinigung nämlich ihr.«

»Also, mach mal halblang«, sagte ich. »Willst du damit vielleicht sagen, daß ich, wenn ich im Restaurant Sardellen auf meiner Pizza finde, und ich zufällig allergisch gegen Sardellen bin, das Restaurant verklagen kann?«

»Mit Hilfe eines guten Anwalts könntest du sogar eine reiche Frau werden.«

Es scheint bald nur noch zornige und aufs Klagen versessene Amerikaner zu geben. Nur in den Tagen des Wilden Westens hatten wir ähnlich viele bewaffnete Einwohner, die jederzeit zur Selbstjustiz bereit waren. Der O.J. Simpson-Prozeß hat sich in eine Goldgräberszene verwandelt.

Freunde des Paares haben Buch- und Filmverträge bekommen. Einer davon bietet sogar eine gebührenfreie Telefonnummer an, um über seine Beziehung mit O.J. zu sprechen. Der Hausmeister Kato ist inzwischen Mitglied der Schauspielergewerkschaft und erklärter Liebling der Medien. Die Geschworenen langweilten sich entweder zu Tode oder stritten sich, weil sie sich nicht auf ein Fernsehprogramm während ihrer Pausen einigen konnten. Einige gaben zwischendrin auf und traten in Abendnachrichten und Talkshows auf.

Da fragt man sich doch: Wozu sind Prinzipien ohne Anwalt überhaupt gut?

Der Maulwurf ist das einzige Nagetier ohne Pelz. Mit

einem guten Anwalt müßte ihm irgend jemand etwas für diese Vernachlässigung in der Ausstattung bezahlen.

Und hätte nicht auch der Bernhardiner allen Grund, eine Feststellungsklage anzustrengen? Jahrhundertelang haben diese Tiere, die als Prototyp des Retters in der Not galten, Menschen aus Schnee und Eis befreit. Inzwischen sind sie von deutschen Schäferhunden ersetzt worden, deren Wendigkeit und vor allem Spürsinn zum schnelleren Auffinden von vermißten Skifahrern und Bergsteigern führt.

Und welcher Anwalt würde sich nicht schon beim bloßen Gedanken an eine Gruppenklage der roten Ameisen die Hände reiben? Im Jahre 1810 wurden sie in eine Ameisenkolonie verschleppt, wo sie bis heute als Arbeitssklaven ihr Dasein fristen.

Das Gesetz des Dschungels ist einfach und leicht zu verstehen:

Friß nie ein Tier, das größer ist als du.

Klettere nicht auf Bäume, wenn du nicht klettern kannst.

Sorge dafür, daß du dich in deinem eigenen Revier aufhältst. Wenn das, was du riechst, nicht von dir stammt, gehörst du da nicht hin.

Meide Scheinwerfer und Agenten, die aus dir einen Star machen wollen.

Wisse, wann du kämpfen und wann du fliehen sollst.

Sollte ein Menschenanwalt ein Schild an einer Hütte anbringen, auf dem steht »Spezialisiert auf Tierrecht« – friß ihn.

Der in Texas entdeckte Pterosaurier ist wahrscheinlich das größte fliegende Tier, das jemals auf der Erde gelebt hat. Er und seine Artgenossen bewohnten unseren Planeten vor ungefähr sechzig Millionen Jahren.

Das Gehirn des Stegosaurus war kleiner als eine Nervenzelle in seinem Rückenmark.

Im nächsten Jahrtausend wird eine ganze Armee von Archäologen nach Hinweisen für das Verschwinden unserer Zivilisation suchen. Warum ist sie ausgestorben? Wie konnte es dazu kommen? Welche Faktoren waren dafür verantwortlich, daß sie vom Angesicht der Erde verschwand?

Ihre Forschungen werden sie auf den großen Parkplatz eines riesigen Einkaufszentrums in Bloomington, Minnesota, führen. Dort werden sie eine Fülle von Skeletten und Artefakten finden. Wenn sie die Beweisstücke zusammenfügen, werden sie zu dem Schluß kommen, daß der Tod eingetreten ist aufgrund von Verwirrung, Sonnenstich und der Unfähigkeit der Kunden, ihre geparkten Autos wiederzufinden. Die Menschen fielen irgendwann einfach um und starben.

Ihr Alter wird anhand der Firmennamen auf ihren Einkaufstüten der Geschäfte bestimmt, die vor Hunderten von Jahren katalogisiert worden waren.

Es ist schon ein beängstigender Gedanke, aber wir werden eines Tages aussterben wie die Dinosaurier.

In den achtziger Jahren schossen Einkaufszentren wie Pilze aus dem Boden. In den Neunzigern war der Besuch eines solchen bereits Ausdruck eines neuen Lebensgefühls. In den Immobilienanzeigen der Zeitungen fand man keinen Hinweis mehr darauf, ob das zum Verkauf stehende Haus in der Nähe guter Schulen und unweit der Feuerwehr lag, es wurde vielmehr stolz darauf hingewiesen: »Nur zwei Meilen vom nächsten Einkaufszentrum entfernt.«

Im Sommer 1992 ertönte eine Stimme über Bloomington, Minnesota, die verkündete: »Baut ein Einkaufszentrum – und sie werden kommen.«

Für sechshundertfünfundzwanzig Millionen Dollar wurde ein Einkaufszentrum errichtet, das sich über vierhunderttausend Quadratmeter erstreckt, mit vierzehn Kinos, sechs Restaurants, einem fast dreißigtausend Quadratmeter großen Vergnügungspark, einer zwanzig Meter hohen Achterbahn und vierhundert Geschäften. (Ich weiß es zwar nicht ganz genau, aber schätzungsweise stehen den Kunden an die vierzig gigantische Parkplätze zur Verfügung.)

Mir muß niemand sagen, daß Einkaufszentren gezielt darauf angelegt sind, die Kunden gefangenzuhalten. Selbst wenn ich mir den Plan des Komplexes anschaue, auf dem ein Pfeil meinen Standpunkt markiert, habe ich nicht die leiseste Ahnung, wo ich mich befinde. Vor nicht allzu langer Zeit bin ich einer mitleiderregenden Frau begegnet, die mich am Ärmel zupfte und fragte: »Welchen Tag haben wir heute?« »Mittwoch«, antwortete ich. Ohne eine Miene zu verziehen, fragte sie weiter: »Und welches Jahr?«

Ich hatte eine Frau vor mir, die sich schon so lange in dem Einkaufszentrum aufhielt, daß sie den Vietnamkrieg, Präsident Clinton und die Heirat von Michael Jackson und Lisa Marie Presley verpaßt hatte.

»Wie lange sind Sie denn schon hier?« wollte ich wissen.

»Das kann ich nicht genau sagen«, meinte sie, fügte jedoch eilig hinzu: »Aber so schlecht ist es gar nicht. Ich habe hier alles, was ich brauche. Bevor die Geschäfte am Morgen aufmachen, mache ich einen kleinen Dauerlauf, anschließend genehmige ich mir eine Rosinenschnecke, und dann kann der Tag beginnen.«

»Langweilt Sie das ewige Einkaufen nicht manchmal?«

»Aber nein, ich kaufe ja nicht ständig ein. Ich lasse mir beispielsweise regelmäßig den Blutdruck messen, dann laufe ich auch noch Schlittschuh, und hin und wieder gehe ich ins Kino. Vor kurzem ist im dritten Stock eine Zahnarztpraxis eröffnet worden, und direkt vor Robinson's gibt es eine Massagepraxis, wo ich mich sehr gern massieren lasse.

Am Wochenende besuche ich ganz gern eine Trauung in der Happy-End-Kapelle. Für Hochzeiten könnte ich mein Leben geben.«

»Wahrscheinlich kann man sich sogar von einem Pfarrer trauen lassen, der wie Elvis Presley aussieht.«

»Ganz richtig, aber nicht nur das. Hier werden alle Wünsche erfüllt«, bestätigte sie. »Liebesbecher für fünfzig Dollar das Stück, die schönsten Ausschnitte der Hochzeiten aus ›Traumhochzeit‹ auf einer supergroßen Leinwand, ein Hochzeitsfrühstück im Schnellimbiß, und anschließend eine Fahrt mit der Achterbahn. Und bevor das glückliche Paar auf Hochzeitsreise geht, kann es sich im Videocenter mit den Kindern aus früheren Ehen per Bildtelefon unterhalten.«

»Waren Sie noch nie in Versuchung, einfach durch einen der vielen Ausgänge zu stürzen?«

»Wozu?« fragte sie. »Ich fände ja doch mein Auto nie wieder. Hier drin bin ich sicher. Und es gefällt mir.«

Wahrhaftig, eine weise Frau.

Dann erinnerte ich mich mit Schrecken, daß ich ja mein eigenes Auto wiederfinden mußte. Bis jetzt ist es mir in all den Jahren noch kein einziges Mal gelungen, das Einkaufszentrum durch die gleiche Tür zu verlassen, durch die ich es betreten habe. Das bedeutet letztendlich nichts anderes, als daß ich das gesamte Gelände nach meinem Wagen absuchen muß, bevor ich mich schließlich in eine Telefonzelle flüchte und mein Auto als gestohlen melde.

Unzähligen anderen ergeht es keinen Deut besser. Wir schleppen uns alle, beladen mit Einkaufstüten, von Parkplatz zu Parkplatz. Der Autoschlüssel zwischen den Zähnen fühlt sich an wie gefrorener Speichel.

Ich höre, wie ein Motor angelassen wird und schöpfe neue Hoffnung. Jemand hat seinen Wagen gefunden! Was heute möglich war, ist auch morgen möglich.

Endlich entdecke ich mein Auto und schlängle mich zwischen den Reihen hindurch, bis ich schließlich davor stehe. Ich schaue hinein. Ein sauberes Auto, auf der Ablage liegt ein Regenschirm, und der Sitz ist nicht mit den Tannennadeln meines Weihnachtsgestecks vom letzten Jahr übersät. *Das ist nicht mein Auto!*

Als ich es schließlich durch puren Zufall doch noch finde, schließe ich die Tür mit einem lachenden und einem weinenden Auge auf: Auf dem Rücksitz liegen Kleider, die ich gekauft hatte; sie sind zwar inzwischen aus der Mode gekommen, aber mein Auto hat aus genau demselben Grund Seltenheitswert.

Am schlimmsten sind mehrstöckige Parkgaragen. Ich helfe meinem Gedächtnis mit Eselsbrücken: Parke ich auf Ebene B, merke ich mir B, weil mein Nachname mit B anfängt. Abschnitt G kann ich leicht behalten: G wie Glück, das ich hatte, weil just in dem Moment, als ich um die Ecke bog, ein Platz frei wurde. Ganz leicht kann ich mir den lila Teil merken, denn lila und orange sind die Farben der Basketballmannschaft Phoenix Suns, und mein Platz 1028 ist zehn mal zehn plus sieben mal vier.

Aber auf dem Rückweg zum Auto läuft irgend etwas schief. Ich begebe mich schnurstracks zum Parkdeck E, weil mein Vorname mit E anfängt, dann in den Abschnitt S, weil ich Schwein gehabt hatte, überhaupt eine Parklücke zu finden, und zum weißen Teil, denn die Phoenix Suns tragen bei einem Heimspiel nur weiß.

Ich weiß, Sie fragen sich jetzt, was das alles mit der Ausrottung der menschlichen Rasse zu tun haben soll. Werden Sie gleich erfahren. Ich habe einen Artikel gelesen, demzufolge das Ende der Dinosaurier möglicherweise Folge einer rapiden Abnahme des Sauerstoffgehaltes in der Luft war. Die auf der Suche nach Nahrung über unsere Erde wandernden, keuchenden Riesenechsen sind also erstickt.

Dieses Szenario erinnert mich an die Tausendschaften erschöpfter Einkaufskunden, die sich auf der Suche nach ihren Autos über Parkplätze schleppen und dabei die Abgase Tausender Autos einatmen. Spätestens nach ein paar Tagen sind sie zu benebelt, um weiterzugehen, und bekommen keine Luft mehr.

Übrigens: Der Alptraum jeder Frau ist es zu sterben, ohne den Dispositionskredit voll ausgeschöpft zu haben.

Leider werden wir unserer Nachwelt, die nach Antworten für unser Aussterben sucht, keinen schönen Anblick bieten. Eine Geisterstadt voller Schilder, die im Wind klappern, verrostete Autos, Abfall und die geisterhafte Stimme vom Band aus dem Innern des Einkaufszentrums: »Eben hat Elvis das Gebäude verlassen.«

NACHWORT

Der durch anhaltende Niederschläge zu einem reißenden Strom angeschwollene Salinas ist gestern über die Ufer getreten und hat die Ernte im ganzen Umkreis zerstört. Circa fünftausend Bewohner mußten evakuiert werden. Die Flutwelle, die bereits gestern die Highwaybrücke über den Carmel mit sich gerissen hat, hat heute auch die noch verbliebenen Straßen zur Halbinsel Monterey unter Wasser gesetzt.

The Monterey County Herald
13. März 1995

Ich habe dieses Buch in Carmel begonnen. Hier wollte ich es auch beenden, vorausgesetzt, ich hätte Strom für meine elektrische Schreibmaschine, Licht für meine zahlreichen Notizen und eine Brücke, die mich mit der Bibliothek auf der anderen Seite des Flusses verbinden würde.

Aber die Elemente haben sich gegen mich verschworen, und wahrscheinlich hätte es gar nicht besser kommen können, denn wenn ich zwischen dem Meer auf der einen und der Zivilisation auf der anderen Seite an meiner Schreibmaschine sitze, klingen meine Sätze wie SOS-Rufe. Dann hätte ich mein Buch mit der offensichtlichen Parallele zwischen der Hilflosigkeit der Menschen und der Hilflosigkeit der Tiere vor den Naturgewalten beendet, und meine Botschaft wäre gewesen, daß wir beide nur dann überleben können, wenn wir uns gegenseitig helfen.

Aber das war nicht Thema meines Buches.

Mein Buch handelt davon, wie stark Mensch und Tier sich ähneln, ohne sich dessen bewußt zu sein. Jedes Tier, das ich beschrieben habe, habe ich im Schlußverkauf beobachtet: Die Frau mit dem Zebramuster, deren Hinterteil aussah, als hätte sie zwei Tore des Buckingham-Palasts verschluckt. Einer anderen mit Elefantentaille habe ich den Reißverschluß eines schwarzen Pelzoveralls hochgezogen, den sie unbedingt haben wollte, weil er um zwanzig Prozent heruntergesetzt war.

Ich geriet versehentlich in eine Meute von Schnäppchenjägerinnen, die irgend etwas ergattern wollten, das noch einmal um zwanzig Prozent reduziert war – und zu allem bereit waren.

Für jedes Tier in diesem Buch – ob wild oder domestiziert – gibt es lebende Beispiele. Es gibt diese Tiere wirklich. Entweder hat ein Wissenschaftler sie jahrelang studiert, oder sie waren bei mir zum Abendessen. Ich schätze mich glücklich, daß ich in der Lage bin, meine Liebe zu Tieren mit der Liebe zu den Menschen zu verbinden.

Jede Art kämpft auf ihre Weise gegen das Aussterben. Wir Menschen tun es, indem wir Nahrungs- und Wasserquellen erschließen, Raubtieren aus dem Weg gehen und für ausreichende Fortpflanzung sorgen. Aber wir haben einen entscheidenden Vorteil gegenüber den Tieren: das Lachen. Ohne unser Lachen wären wir verloren.

Vor ein paar Jahren brachen mein Mann und ich zu einer Safari in Afrika auf. Hauptsächlich fotografierten wir die Hinterteile von Tieren, obwohl uns ihre Gesichter lieber gewesen wären, aber letzten Endes hatten sie das Sagen und nicht wir.

Als wir uns eines Nachts gerade zum Schlafen im Zelt

niedergelassen hatten, gellte das schrille Lachen der Hyänen durch die Dunkelheit.

»Die wissen sich zu vergnügen«, bemerkte mein Mann.

»Möglich, könnte aber auch sein, daß sich die schwergewichtige Frau Hyäne gerade in ein Nachthemd Größe sechsunddreißig zwängt.«

Ich erkenne doch das Lachen einer Leidensgefährtin!

Band 12787

Susanne von Loessl

Mal Cashmere mal Persil

Anna Sanders ist verzweifelt. Heinrich, ihr Ehemann, hat eine Geliebte. Nach fast zwanzig Ehejahren wurde sie ausgetauscht – gegen eine Blondine, Anfang zwanzig. Hals über Kopf flüchtet Anna zu ihrer Freundin Christiane nach Sylt. Mit ihrer Hilfe und der von Ottoardo Fernando von Weißenfels – von Anna liebevoll VW genannt – lernt sie wieder leben.

Da schlägt das Schicksal erneut zu. Mit Sack und Pack zieht Anna von Hamburg nach München. Bei Wastl, dem lässigen Galeriebesitzer, findet sie einen Job. Und – eines Morgens liegen plötzlich Blumen auf der Fußmatte...